菩提系列散文 之二

# 凤眼菩提

林清玄

著

作家出版社

（京权）图字：01-2017-3113

图书在版编目（CIP）数据

凤眼菩提 / 林清玄著 .—北京：作家出版社，2017.11
（林清玄菩提系列散文）
ISBN 978-7-5063-9454-3
Ⅰ.①凤… Ⅱ.①林… Ⅲ.①散文集－中国－当代 Ⅳ.① I267
中国版本图书馆 CIP 数据核字（2017）第 079912 号

本著作物经厦门墨客知识产权代理有限公司，由九歌出版社有
限公司授权作家出版社，在中国大陆出版、发行中文简体字版本。

## 凤眼菩提

作　　者：林清玄
责任编辑：省登宇
助理编辑：张文剑
装帧设计：粉粉猫
出版发行：作家出版社
社　　址：北京农展馆南里 10 号　　　邮　　编：100125
电话传真：86-10-65930756（出版发行部）
　　　　　86-10-65004079（总编室）
　　　　　86-10-65015116（邮购部）
E-mail:zuojia @ zuojia.net.cn
http://www.haozuojia.com（作家在线）
印　　刷：北京明月印务有限责任公司
成品尺寸：142×210
字　　数：210 千
印　　张：8.125
版　　次：2017 年 11 月第 1 版
印　　次：2017 年 11 月第 1 次印刷
ISBN 978-7-5063-9454-3
定　　价：35.00 元

# 目 录
CONTENTS

1

3

# 自　序

我有一串凤眼菩提子串成的念珠。

凤眼菩提子有着古朴精致的褐色，每一粒上面都有一颗美丽优雅的眼睛。我很喜欢这一串凤眼菩提念珠，每一回数它的时候，心念就飞升到空明纯粹的世界，仿佛走在精致优雅的路上，一路上有花皆香，有树皆绿，风里流着音乐，云都散得干净。

这美丽的凤眼菩提子，除了念的清净还象征着什么呢？

我想，它是在启示我们应该具有独特的非凡之眼、美丽之眼、智慧之眼、悲悯之眼、宽容之眼来注视无常的人间，才能使我们活得自在光明，不怀丝毫憾恨。

在这几年，我的心里一直有着一串凤眼，借着这凤眼我才能有一种平淡安闲的心情来纵观人间的烦恼，让每一个烦恼都化成智慧的清气，并且带来更深的沉思与觉悟。

去年，我的《紫色菩提》出版，带来读者极热烈的回响，这些回响所代表的并不是我在写文章上的成就，而是我依着佛菩萨无上的智慧，来做一次人间的新诠释罢了。有许多读者因为《紫色菩提》而进入了般若智慧的阶梯，他们着急地问我："是不是有关于'菩提系列'的新著作呢？"

这个问题是个很好的缘起，使我有信心做进一步的探寻，希望经由我摸索的脚步，一页一页写下"菩提系列"，也就是觉悟的系列、智慧的系列。《凤眼菩提》是这个系列的第二部结集，从现在的位置来回顾《紫色菩提》，我自觉又向前跨出了一大步。从前，我觉得只有依佛所说，人间的一切才有意义；现在我知道了，即使在最卑微最劣陋的事物中，我们也能找到意义，并在其中得到启发。

我们是生活在薄地上的凡夫，几乎只有极少数人在脆弱的婆婆，还能维持心境的清净；也只有极少数人是醉生梦死、不知死活，活在迷执而不可救拔的深渊。绝大多数的人，是活在梦与醒的边缘、活在光明与黑暗的边界、活在迷与悟的一线之间、活在菩萨与凡夫的升沉之际。

为什么我们不会完全地清醒呢？又为什么我们不会彻底地沉沦呢？那是因为从无始劫的轮回以来，每一个众生都曾有过菩萨的愿行，这愿行由于我们一再的迷转，处在若有若无的景况，这若无若有、渴望光明纯净的愿望，使我们常常在为恶的时候，感到可耻，不愿自己再堕落下去；也使我们在行善的时候，觉得不足，希望再做得多一点。

也由于这若有若无的光明愿望，使我们走向上的道路的时候，时常感到自己罪业深重，知觉到业的累积实在不可测量。但我们也不必过度的悲哀，因为我们累劫所种的善根也一样是深不可测的。我们学习佛菩萨的愿行，除了在忏悔过去的恶业与无明，也是在开发过去的善根与明慧，寻找我们忘失了的本愿。

我努力地，也是希望能找到我所发过的愿，恢复本来清净的自我。而我把自己寻找的过程与思想写下来，是祈望着在梦与醒边缘的众生，能多一点点醒转，少一点点迷梦。我是众生里的一分子，我既然能从迷梦里逐渐醒来，使我深深相信法界里的每一众生也能如我一样，走向一条更清明的道路。

在阅读、沉思、修习佛的经典这几年，在持戒、禅定、智慧的体验这几年，我感觉自己比从前站在更高的接点，常能往后回顾，看我们是如何投生到这爱恨交缠的世界。也转过头来向前看，希望依着我们前世的本愿，跟随佛菩萨的足迹，走向一条美丽光明、无量无上的道路。

《凤眼菩提》这本书所表达的也就是如此简单，它是闻、思、修与戒、定、慧的结晶，它是回顾迷执与前行光明的一块踏板，它是不离世间、不舍众生、不乐爱欲的一段真实的里程。

在长夜里写这些文章时，思及苦难的众生，我的心十分忧急悲切，那是由于我渴盼众生都能在世间觉悟，都能在生活中得智慧，都能化烦恼为菩提。在这么悲切忧急的心情下写完这本书，我发现用过最多的词句竟是"觉悟""智慧""菩提"，这大概正是《凤眼菩提》所最想表达的。

我想到《俱舍论》里说，佛之大悲，摄化众生，常住于三种之念，第一念住，众生信佛，佛亦不生喜心。第二念住，众生不信佛，佛亦不生忧恼。第三念住，同时一类信佛一类不信，佛知之，亦不生欢喜与忧戚。为什么佛可以不喜不忧恼呢？那是因为佛常安住于正念正智的缘故。

读到"三念处"时我感到惭愧，毕竟我还是一介凡夫，在过去的这段日子里，每当我看到一个众生不能从迷梦中清醒，不肯回观寻找自家宝藏，就感到十分悲痛忧恼。而每当我看到一个众生从迷梦走向憬悟的道路，就感到欢喜赞叹、踊跃无量——这正是我不能时常安住于正念正智的结果。这本书，有时会看到我的悲痛忧恼或欢喜赞叹，到底我还是有着凡夫的血性，但愿诸佛菩萨能悯恕我的鲁莽，也愿读者宽谅我的直言。

在写这本书的过程中，我用佛法观点写了两篇文章参加文学奖，一篇是《黄昏菩提》，得了"中华文学奖"的首奖；一篇是《飞鸽的早晨》，得了"中央日报文学奖"的首奖，使我对于从世间提炼智慧充满信心，趁出版时也收录在这里。我想，作为发心学佛的人，最重要的是日常事物都能用佛教观点去观照，这观照应该是光明正大、庄严无畏，并且我深信佛所留给我们对宇宙人生的观点，是最好的、无上的观点，我们不要害怕去表现它。

《凤眼菩提》的每一篇文章发表前，我的妻子小銮总是第一个读者，她以真实的修行经验给我许多宝贵的意见，如果本书还有可读之处，第一个应该感谢她的内助。

这两年来，我在修行上能有一些心得，并且能用活泼圆融无碍的观点来谈佛法、看人间，都得自于我的老师廖慧娟的教化开启。我每写一篇文章，都在心里向她顶礼，如果没有她的慈悲宽容，真不敢想今天我会变成什么样子。

在写这本书的时候，我经常强烈思念我的父亲，他的逝世坚定了我不退的道心，因此，这本书如果有什么功德，我要特别回向给先父林后发，同时也回向给我的母亲林潘秀英，但愿父亲能亲闻菩萨说法，早证菩提；但愿母亲能身体长健，开启般若。

同时，普皆回向苦难无常世间的众生，但愿众生都能从梦与醒的边缘中真正地醒来。

最后，我们来随文殊菩萨发愿：

自皈依佛，当愿众生，体解大道，发无上心。

自皈依法，当愿众生，深入经藏，智慧如海。

自皈依僧，当愿众生，统领大众，一切无碍。

林清玄

一九八七年元月

于台北安和路客寓

# "菩提十书"新序

## ——致大陆读者

## 一花一净土,一土一如来

三十岁的时候,在世俗的眼光里,我迈入了人生的峰顶。

我得到了所有重要的文学奖项,我写的书都在畅销排行榜上,我在报纸杂志上有十八个专栏。

我在一家最大的报社,担任一级主管,并兼任一家电视台的主管。我在一家最大的广播公司主持每天播出的带状节目,还在一家电视台主持每周播出的深入报道节目。

我应邀到各地的演讲,一年讲二百场。

"世俗"的成功,并未带给我预期的快乐,反而使我焦虑、彷徨、烦恼,睡眠不足,食不知味。

我像被打在圆圈中的陀螺,不停地旋转,却没有前进的方向,也不知道什么时候会倒下来。

有一天,我在报社等着看大样,发现抽屉里有一本朋友送我的书《至尊奥义书》，有印度的原文，还有中文解说。

随意翻阅，一段话跳上我的眼睛：

"一个人到了三十岁，应该把所有的时间用来觉悟。"

我好像被人打了一拳，我正好三十岁，不但没有把所有的时间用来觉悟，连一分钟的觉悟也没有，觉悟，是什么呢？

再往下翻阅：

"到了三十岁，如果没有把全部的时间用来觉悟，就是一步一步地走向死亡的道路！"

我从椅子上跳起来，感到惊骇莫名，自己正一步一步走向死亡的道路还不自知呀！

从那一个夜晚开始，我每天都在想：觉悟是什么？要如何走向觉悟之路？

一个月后，我停止了主持的广播节目和电视节目，也停止了大部分的专栏。

三个月后，我入山闭关，早上在小屋读经打坐，下午在森林散步，晚上读经打坐。

我个人身心的变化，可以用"革命"来形容，为了寻找觉悟，我的人生已经走向完全不同的路向。


## 走上独醒与独行的路

那一段翻天覆地的改变，经过近三十年了，虽说已云淡风轻，但每次思及当时的毅然决然，依然感到震动。

我的全身心都渴求着"觉悟",这种渴求觉悟的内在骚动，使我再也无法安住于世俗的追求了。

虽然，"觉悟"于我只是一个模糊的概念，分不清是净土宗觉悟到世间的秽陋，寻找究竟的佛国，或者是密宗觉悟到佛我一体的三密相应，或者是华严宗觉悟到世界即是法界，庄严世界万有，或者是天台宗觉悟到真理是普遍存在的，一色一香，无非中道！

我的"觉悟"最接近的是禅宗的"顿"，是"佛性的觉醒"，是不论我们沉睡了多么长的时间，醒来都只是短暂的片刻。

很庆幸，我在三十岁的某一个深夜，醒来了！

也就是在那个醒来，我开始写作第一本菩提的书《紫色菩提》，我会再提笔写作，是因为"佛教的思想这么好，知道的人却这么少"，希望用更浅白的文字来讲佛教思想。

其次是理解到，佛教的修行不离于生活，禅宗的修行从来不是贵族的，它自始至终都站在庶民大众的身边。它的思想简明易懂又容易修行，它不墨守成规，对经论采取自由的态度。

自从百丈之后，耕田、收成、运水、搬柴，乃至吃饭、喝茶，禅的修行深入于生活的每一个细节。

如果能在觉悟的过程，将生活、读书、修行、写作冶成一炉，应该可以创造一些新的思想吧！

我的"菩提系列"就是在这种心情下开始创作的，我的闭关内容也有了改变，早上读经打坐，下午在森林经行，晚上则伏案写作。

经过近十年的时间，总共写了十本"菩提"，当时在台湾交

8

由九歌出版社出版，引起读书界的轰动，被出版业选为"四十年来最畅销及最有影响力的书"。

后来，授权给北京的作家出版社，出版了简体字版，也是轰动一时，成为许多大陆青年的床头书。

三十年前，我的人生走向了一条分叉的路，如果在世俗的轨道继续向前走，走向人群熙攘的路，会是如何呢？

我走上了人迹罕至的路，走上了独行与独醒的路，到如今还为了追寻更高的境界，努力不懈。

我能无悔，是因为步步留心，留下了"菩提系列""禅心大地系列""现代佛典系列""身心安顿系列"，《打开心内的门窗》《走向光明的所在》……

我确信，对于彷徨的现代人，这些寻找觉悟之道的书，能使他们得到启发，在世俗的沉睡中醒来。


## 学习看见自己的心


"觉悟"在生命里是神奇的，正是"千年暗室，一灯即明"，不管黑暗有多久，沉睡了多么长的时间，只要点燃了一盏小小的灯火，一切就明明白白、无所隐藏了！

"觉悟"不只是张开心眼来看世界，使世界有全新的面目；也是跳出自我的执着，从一个全新的眼睛，来回观自己的心、自己的爱、自己的人生。

"觉"是"学习来看见"，"悟"是"我的心"，最简明地说，"觉悟"就是"学习看见自己的心"。

"觉悟"乃是与"菩提"连成一线的,《大日经》说:"云何菩提,谓如实知自心。"

这是为什么我在写"菩提系列"时,把书名定为"菩提"的原因,它缘于觉悟,又涵盖了觉悟,它涵容了佛教里一些"无法翻译"的内涵,例如禅那、般若、三昧、南无、波罗蜜多等等。

"菩提"在正统的佛教概念里,原是"断绝世间烦恼而成就涅槃智慧"的意思,但由于它的不译,就有了无限的延展和无限的可能。

我想要书写的,其实很简单,不只是佛教的修行能改变人生,就在我们生活里,也有无限延展和无限可能。

"菩提"的具体呈现是"菩提萨埵",也就简称"菩萨","菩提"是"觉","萨埵"是"有情"。

"觉有情"这三个字真美,我曾写过一本书《以有情觉有情》,来阐明这个道理:菩萨的行履过处,正是以更深刻的情感来使有情的众生得到觉悟,而每一个有情时刻都是觉悟的契机。

生活是苦难的,生命是无常的,但即使是最苦的时候,都能看见晚霞的美丽;最艰难的日子,都能感受天空的蔚蓝与海洋的辽阔。纵是最无常的历程,小草依然翠绿,霜叶还是嫣红。

道由白云尽,春与青溪长;时有落花至,远随流水香。白云与青溪,落花与流水,都是长在的,并不会随着因缘的变幻、生命的苦谛而失去!

"菩提十书"写的正是这种心事,恰如庞蕴居士说的"一念心清净,处处莲花开;一花一净土,一土一如来",生命里若还有阴晴不定，生活里若还有隐晦不明，那是因为我们还没有触事遇缘都生起菩提呀！

我把"菩提十书"重新授权给大陆出版，时光流变已过半甲子，年华渐老、思想如新，祈愿读者在这套书中，可以触到觉悟与菩提的契机！

林清玄
二〇一二年秋天
台北清淳斋

卷一　波罗蜜

# 四　随

## 随　喜

在通化街入夜以后，常常有一位乞者，从阴暗的街巷中冒出来。

乞者的双腿齐根而断，他用包着厚厚棉布的手掌走路。他双手一撑，身子一顿就腾空而起，然后身体向一尺前的地方扑跌而去，用断腿处点地，挫了一下，双手再往前撑。

他一走路几乎是要惊动整条街的。

因为他在手腕的地方绑了一个小铝盆，那铝盆绑的位置太低了，他一"走路"，就打到地面咚咚作响，仿佛是在提醒过路的人，不要忘了把钱放在他的铝盆里面。

大部分人听到咚咚的铝盆声，俯身一望，看到时而浮起时而顿挫的身影，都会发出一声惊诧的叹息。但是，也是大部分的人，叹息一声，就抬头仿佛未曾看见什么地走过去了。只有极少极少的人，怀着一种悲悯的神情，给他很少的布施。

人们的冷漠和他的铝盆声一样令人惊诧！不过，如果我们再仔细看看通化夜市，就知道再悲惨的形影，人们已经见惯了。短短的通化街，就有好几个行动不便、肢体残缺的人在卖奖券，有一位点油灯弹月琴的老人盲妇，一位头大如斗四肢萎缩瘫在木板上的孩子，一位软脚全身不停打摆的青年，一位口水像河流一般流淌的小女孩，还有好几位神智纷乱来回穿梭终夜胡言的人……这些景象，使人们因习惯了苦难而逐渐把慈悲盖在冷漠的一个角落。

那无腿的人是通化街里落难的乞者之一，不会引起特别的注意，因此他的铝盆常是空着的。他为了引起人们的注意，有时故意来回迅速地走动，一浮一顿，一顿一浮……有时候站在街边，听到那急促敲着地面的铝盆声，可以听见他心底多么悲切的渴盼。

他恒常戴着一顶斗笠，灰黑的，有几茎草片翻卷了起来，我们站着往下看，永远看不见他脸上的表情，只能看到那有些破败的斗笠。

有一次，我带孩子逛通化夜市，忍不住多放了一些钱在那游动的铝盆里，无腿者停了下来，孩子突然对我说："爸爸，这没有脚的伯伯笑了，在说谢谢！"这时我才发现孩子站着的身高正与无腿的人一般高，想是看见他的表情了。无腿者听见孩子的话，抬起头来看我，我才看清他的脸粗黑，整个被风霜腌渍，厚而僵硬，是长久没有使用过表情的那种。后来，他的眼神和我的眼神相遇，我看见了这一直在夜色中被淹没的眼睛，透射出一种温暖的光芒，仿佛在对我说话。

在那一刻，我几乎能体会到他的心情，这种心情使我有着悲痛与温柔交错的酸楚。然后他的铝盆又响了起来，向街的那头响过去，我的胸腔就随他顿挫顿浮的身影而摇晃起来。

我呆立在街边，想着，在某一个层次上，我们都是无脚的人，如果没有人与人间的温暖与关爱，我们根本就没有力量走路，不管在任何时候任何地方，我们见到了令我们同情的人而行布施之时，我们等于在同情自己，同情我们生在这苦痛的人间，同情一切不能离苦的众生。倘若我们的布施使众生得一丝喜悦温暖之情，这布施不论多少就有了动人的质地，因为众生之喜就是我们之喜，所以佛教里把布施、供养称为"随喜"。

这随喜，有一种非凡之美，它不是同情、不是悲悯，而是因众生喜而喜，就好像在连绵的阴雨之间让我们看见一道精灿的彩虹升起，不知道阴雨中有彩虹的人就不会有随喜的心情。因为我们知道有彩虹，所以我们布施时应怀着感恩，不应稍有轻慢。

我想起经典上那伟大充满了庄严的维摩诘居士，在一个动人的聚会里，有人供养他一些精美无比的璎珞，他把璎珞分成两份，一份供养难胜如来佛，一份布施给聚会里最卑卜的乞者，然后他用一种威仪无匹的声音说："若施主等心施一最下乞人，犹如如来福田之相，无所分别，等于大悲，不求果报，是则名曰具足法施。"

他甚至警策地说，那些在我们身旁一切来乞求的人，都是住于不可思议解脱菩萨境界的菩萨来示现的，他们是来考验我们的悲心与菩提心，使我们从世俗的沦落中超拔出来。我们若因乞求而布施来植福德，我们自己也只是个乞求的人，我们若看乞者也是菩萨，布施而怀恩，就更能使我们走出迷失的津渡。

我们布施时应怀着最深的感恩，感恩我们是布施者，而不是乞求的人；感恩那些秽陋残疾的人，使我们警醒，认清这是不完满的世界，我们也只是一个不完满的人。

一切菩萨所修无量难行苦行，志求无上正等菩提，广大功德，我皆随喜。如是虚空界尽、众生界尽、众生烦恼尽，我此随喜无有穷尽。

我想，怀着同情、怀着悲悯，甚至怀着苦痛、怀着鄙夷来注视那些需要关爱的人，那不是随喜，唯有怀着感恩与菩提，使我们清和柔软，才是真随喜。

# 随　业

打开孩子的饼干盒子，在角落的地方看到一只蟑螂。

那蟑螂静静地伏在那里，一动也不动，我看着这只见到人不逃跑的蟑螂而感到惊诧的时候，突然看见蟑螂的前端裂了开来，探出一个纯白色的头与触须，接着，它用力挣扎着把身躯缓缓地蠕动出来，那么专心、那么努力，使我不敢惊动它，静静蹲下来观察它的举动。

这蟑螂显然是要从它破旧的躯壳中蜕变出来，它找到饼干盒的角落脱壳，一定认为这是绝对的安全之地，不想被我偶然发现，不知道它的心里有多么心焦。可是再心焦也没有用，它仍然要按照一定的程序，先把头伸出，把脚小心地一只只拔出来，一共花了大约半小时的时间，蟑螂才完全从它的壳用力走出来，那最后一刻真是美，是石破天惊的，有一种纵跃的姿势。我几乎可以听见它喘息的声音，它也并不立刻逃走，只是用它的触须小心翼翼地探着新的空气、新的环境。

新出壳的蟑螂引起我的叹息，它是纯白的几近于没有一丝杂质，它的身体有白玉一样半透明的精纯的光泽。这日常引起我们厌恨的蟑螂，如果我们把所有对蟑螂既有的观感全部摒除，我们可以说那蟑螂有着非凡的惊人之美，就如同是草地上新蜕出的翠绿的草蝉一样。

当我看到被它脱除的那污迹斑斑的旧壳，我觉得这初初钻出的白色小蟑螂也是干净的，对人没有一丝害处。对于这纯美干净的蟑螂，我们几乎难以下手去伤害它的生命。

后来，我养了那蟑螂一小段时间，眼见它从纯白变成灰色，再变成灰黑色，那是转瞬间的事了。随着蟑螂的成长，它慢慢地从安静的探触而成为鬼头鬼脑的样子，不安地在饼干盒里搔爬，一见到人或见到光，它就不安焦急地想要逃离那个盒子。

最后，我把它放走了，放走的那一天，它迅速从桌底穿过，往垃圾桶的方向遁去了。

接下来好几天，我每次看到德国种的小蟑螂，总是禁不住地想，到底这里面，哪一只是我曾看过它美丽的面目，被我养过的那只纯白的蟑螂呢？我无法分辨，也不须去分辨，因为在满地乱爬的蟑螂里，它们的长相都一样，它们的习气都一样，它们的命运也是非常类似的。

它们总是生活在阴暗的角落，害怕光明的照耀，它们或在阴沟，或在垃圾堆里度过它们平凡而肮脏的一生。假如它们跑到人的家里，等待它们的是克蟑、毒药、杀虫剂，还有用它们的习性做成来诱捕它们的蟑螂屋，以及随时踩下的巨脚，擎空打击的拖鞋，使它们在一击之下尸骨无存。

这样想来，生为蟑螂是非常可悲而值得同情的，它们是真正的"流浪生死，随业浮沉"，这每一只蟑螂是从哪里来投生的呢？它们短暂的生死之后，又到哪里去流浪呢？它们随业力的流转到什么时候才会终结呢？为什么没有一只蟑螂能维持它初生时纯白、干净的美丽呢？

这无非都是业。

无非是一个不可知的背负。

我们拼命保护那些濒临绝种的美丽动物，那些动物还是绝种了。我们拼命创造各种方法来消灭蟑螂，蟑螂却从来没有减少，反而增加。

这也是业，美丽的消失是业，丑陋的增加是业，我们如何才能从业里超拔出来呢？从蟑螂，我们也看出了某种人生。


## 随　顺


在和平西路与重庆南路交口的地方，每天都有卖玉兰花的人，不只在天气晴和的日子，他们出来卖玉兰花，有时是大风雨的日子，他们也来卖玉兰花。

卖玉兰花的人里，有两位中年妇女，一胖一瘦；有一位消瘦肤黑的男子，怀中抱着幼儿；有两个小小的女孩，一个十岁，一个八岁；偶尔，会有一位背有点弯的老先生，和一位白发苍苍的老妇，也加入贩卖的阵容。

如果在一起卖的人多，他们就和谐地沿着罗斯福路、新生南路步行扩散，所以有时候沿着和平东西路走，会发现在复兴南路口、建国南路口、新生南路口、罗斯福路口、重庆南路口都是几张熟悉的脸孔。

卖花的不管是老人还是孩子，他们都非常和气，端着用湿布盖好以免玉兰枯萎的木盘子从面前走过，开车的人一摇手，他们绝不会有任何的嗔怒之意。如果把车窗摇下，他们会赶忙站到窗口，送进一缕香气来。在绿灯亮起的时候，他们就站在分界的安全岛上，耐心等候下一个红灯。

我自己就是交通专家所诅咒的那些姑息着卖玉兰花的人，不管是在什么样的路口，遇到任何卖玉兰花的人，我总是忘了交通安全的教训，买几串玉兰花，买到后来，竟认识了罗斯福路、重庆南路口几位卖玉兰花的人。

买玉兰花时，我不是在买那些清新怡人的花香，而是买那生活里辛酸苦痛的气息。

每回看到卖花的人，站在烈日下默默拭汗，我就忆起我的童年时代为了几毛钱在烈日下卖支仔冰，在冷风里卖枣子糖的过去。在心里，我可以贴近他们心中的渴盼，虽然他们只是微笑着挨近车窗，但在心底，是多么希望，有人摇下车窗，买一串花。这关系着人间温情的一串花才卖十元，是多么便宜，但便宜的东西并不一定廉价，在冷气车里坐着的人，能不能理解呢？

几个卖花的人告诉我，最常向他们买花的是出租车司机，大概是出租车司机最能理解辛劳奔波的生活是什么滋味，他们对街中卖花者遂有了最深刻的同情。其次是开小车子的人。最难卖的对象是开着豪华进口车，车窗是黑色的人，他们高贵的脸一看到玉兰花贩走近，就冷漠地别过头去。

有时候，人间的温暖和钱是没有关系的，我们在烈日焚烧的街头动了不忍之念，多花十元买一串花，有时在意义上胜过富者为了表演慈悲、微笑照相登上报纸的百万捐输。

不忍？

是的，我买玉兰花时就是不忍看人站在大太阳下讨生活，他们为了激起人的不忍，有时把婴儿也背了出来，有人批评他们把孩子背到街上讨取人的同情是不对的。可是我这样想：当妈妈出来卖玉兰花时，孩子要交给保姆或佣人吗？当我们为烈日曝晒而心疼那个孩子，难道他的母亲不痛心吗？

遇到有孩子的，我们多买一串玉兰花吧！不要问什么理由。

我是这样深信：站在街头的这一群沉默卖花的人，他们如果有更好的事做，是绝对不会到街上来卖花的。

设身处地地为苦恼的人着想，平等地对待他们，这就是"随顺"，我们顺着人的苦难来满他们的愿，用更大的慈和的心情让他们不要在窗口空手离去，那不是说我们微薄的钱真能带给卖花的人什么利益，而是说我们因有这慈爱的随顺，使我们的心更澄澈、更柔软，洗涤了我们的污秽。

一切众生而为树根，诸佛菩萨而为华果，以大悲水饶益众生，则能成就诸佛菩萨智慧华果。

我买玉兰花的时候，感觉上，是买一瓣心香。

## 随　缘

有一位朋友，她养了一条土狗，狗的左后脚因被车子辗过，成了瘸子。

朋友是在街边看到这条小狗的，那时小狗又脏又臭，在垃圾堆里捡拾食物，朋友是个慈悲的人，就把它捡了回来，按照北方习俗，名字越俗贱的孩子越容易养，朋友就把那条小狗正式命名为"小瘸子"。

小瘸子原是人见人恶的街狗，到朋友家以后就显露出它如金玉的一些美质。它原来是一条温柔、听话、干净、善解人意的小狗，只是因为生活在垃圾堆里，它的美丽一直未被发现吧。它的外表除了有一点土，其实也是不错的，它的瘸，到后来反而是惹人喜爱的一个特点，因为它不像平凡的狗乱纵乱跳，倒像一个温驯的孩子，总是优雅地跟随它美丽的女主人散步。

朋友对待小瘸子也像对待孩子一般，爱护有加，由于她对一条瘸狗的疼爱，在街间中的孩子都唤她："小瘸子的妈妈。"

小癞子的妈妈爱狗，不仅孩子知道，连狗们也知道，她有时在外面散步，巷子里的狗都跑来跟随她，并且用力地摇尾巴，到后来竟成为一种极为特殊的景观。

　　小癞子慢慢长大，成为人见人爱的狗，天天都有孩子专程跑来带它去玩，天黑的时候再带回来。由于爱心，小癞子竟成为巷子里最得宠的狗，任何名种狗都不能和它相比。也因为它的得宠，有人以为它身价不凡，一天夜里，小癞子被抱走了，朋友和她的小女儿伤心得就像失去一个孩子。巷子里的孩子也惘然失去最好的玩伴。

　　两年以后，朋友在永和一家小面摊子上认到了小癞子，它又回复在垃圾堆的日子，守候在桌旁捡拾人们吃剩的肉骨。

　　小癞子立即认出它的旧主人，人狗相见，忍不住相对落泪，那小癞子流下的眼泪竟滴到地上。

　　朋友把小癞子带回家，整条巷子因为小癞子的回家而充满了喜庆的气息，这两年间小癞子的遭遇是不问可知的，一定受过不少折磨，但它回家后又恢复了往日的神采。过不久，小癞子生了一窝小狗，生下的那天就全被预约，被巷子里，甚至远道来的孩子所领养。

　　做过母亲的小癞子比以前更乖巧而安静了，有一次我和朋友去买花，它静静跟在后面，不肯回家，朋友对它说了许多哄小孩一样的话，它才脉脉含情地转身离去。从那一次以后，我再也没有看到过小癞子了，它是被偷走了呢？还是自己离家而去？或是被捕狗队的人所逮捕？没有人知道。

　　朋友当然非常伤心，却不知道在什么时候什么地点可以再与小瘸子会面。朋友与小瘸子的缘分又是怎么来的呢？是随着前世的因缘，或是开始在今生的会面？

一切都未可知。

但我的朋友坚信有一天能与小瘸子再度相逢，她美丽的眼睛望着远方说："人家都说随缘，我相信缘是随愿而生的，有愿就会有缘，没有愿望，就是有缘的人也会错身而过。"

一九八六年八月一日

# 黄昏菩提

　　我欢喜黄昏的时候在红砖道上散步，因为不管什么天气，黄昏的光总让人感到特别安静，能较深刻省思自己与城市共同的心灵。但那种安静只是心情的，只是心情一离开或者木棉或者杜鹃或者菩提树，一回头，人声车声哗然醒来，那时候就能感受到城市某些令人忧心的品质。

　　这种品质使我们在吵闹的车流里，有一种难以言喻的寂寞；在奔逐的人群与闪亮的霓虹灯里，我们更深地体会了孤独；在美丽的玻璃帷幕明亮的反光中，看清了这个大城冷漠的质地。

　　居住在这个大城，我时常思索着怎样来注视这个城，怎样找到它的美，或者风情，或者温柔，或者什么都可以。

　　有一天我散步累了，坐在建国南路口，就看见这样的场景，疾驰的摩托车撞上左转的货车，因挤压而碎裂的铁与玻璃，和着人体撕伤的血泪，正好喷溅在我最喜欢的一小片金盏花的花圃上。然后刺耳的警笛与救护车，尖叫与围拢的人群，堵塞与叫骂

14

的司机……好像一团碎铁屑，因磁铁辗过而改变了方向，纷乱骚动着。

对街那头并未受到影响，公车牌上等候的人正与公交车司机大声叫骂。一个气喘咻咻的女人正跑步追赶着即将开动的公交车。小学生的纠察队正鸣笛制止一个中年人挤进他们的队伍。头发竖立如松的少年正对不肯停的出租车吐口水。穿西装的绅士正焦躁地把烟蒂猛然踩扁在脚下。

这许多急促地喘着气的画面，几乎难以相信是发生在一个可以非常美丽的黄昏。

惊疑、焦虑、匆忙、混乱的人，虽然具有都市人的性格，生活在都市，却永远见不到都市之美。

更糟的是无知。

有一次在花市，举办着花卉大餐，人与人互相压挤践踏，只是为了抢食刚剥下的玫瑰花瓣，或者涂着沙拉酱的兰花。抢得最厉害的，是一种放着新鲜花瓣的红茶，我看到那粉红色的花瓣放进热气蒸腾的茶水，瞬间就萎缩了，然后沉落到杯底，我想，那抢着喝这杯茶的人不正是那一瓣花瓣吗？花市正是滚烫的茶水，它使花的美丽沉落，使人的美丽萎缩。

我从人缝穿出，看到五尺外的安全岛上，澎湖品种的天人菊独自开放着，以一种卓绝的不可亵视的风姿，这种风姿自然是食花的人群所不可知的。天人菊名声比不上玫瑰，滋味可能也比不上，但它悠闲不为人知的风情，却使它的美丽有了不受摧折的生命。

悠闲不为人知的风情，是这个都市最难能的风情。有一次参加一个紧张的会议，会议上正纷纭地揣测着消费者的性别、年龄、习惯与爱好：什么样的商品是十五到二十五岁的人所要的？什么样的信息最适合这个城市的青年？什么样的颜色最能激起购买欲？什么样的抽奖与赠送最能使消费者盲目？

而，用什么形式推出才是我们的卖点，和消费者情不自禁的买点？

后来，会议陷入了长长的沉默，灼热的烟雾弥漫在空调不敷应用的会议室里。

我绕过狭长的会议桌，走到长长的只有一面窗的走廊透气，从十四层的高楼俯视，看到阳光正以优美的波长，投射在春天的菩提树上，反射出一种娇嫩的生命之骚动，我便临时决定不再参加会议，下了楼，轻轻踩在红砖路上，听着欢跃欲歌的树叶长大的声音，细微几至不可听见。回头，正看到高楼会议室的灯光亮起，大家继续做着灵魂烧灼的游戏，那种燃烧使人处在半疯的状态，而结论却是必然的：没有人敢确定现代的消费者需要什么。

我也不敢确定，但我可以确定的是，现代人更需要诚恳的、关心的沟通，有情的、安定的讯息。就像如果我是春天这一排被局限在安全岛的菩提树，任何有情与温暖的注视，都将使我怀着感恩的心情。

生活在这样的都市里，我们都是菩提树，拥有的土地虽少，勉力抬头仍可看见广大的天空；我们虽有常在会议桌上被讨论的共相，可是我们每天每刻的美丽变化却不为人知。"一棵树需要什么呢？"园艺专家在电视上说，"阳光、空气，和水而已。还有一点点关心。"

活在都市的人也一样的吧！除了食物与工作，只是渴求着明澈的阳光，新鲜的空气，不被污染的水，以及一点点有良知的关心。

"会议的结果怎么样？"第二天我问一起开会的人。

"销售会议永远不会有正确的结论，因为没有人真正了解十五岁到二十五岁现代都市人的共同想法。"

如果有人说：我是你们真正需要的！

那人不一定真正知道我们的需要。

有一次在仁爱小学的操场政见台上，连续听到五个人说："我是你们真正需要的。"那样高亢的呼声带着喝彩与掌声如烟火在空中散放。我走出来，看见安和路上黑夜的榕树，感觉是那样的沉默、那样的矮小，忍不住问它说："你真正的需要是什么呢？"

我们其实是像那沉默的榕树一样渺小的，最需要的是自在地活着，走路时不必担心亡命的来车，呼吸时能品到空气的香甜，搭公交车时不失去人的尊严，在深夜的黑巷中散步也能和陌生人微笑招呼，时常听到这个社会的良知正在觉醒，也就够了。

我更关心的不是我们需要什么，而是青年究竟需要什么。十五岁到二十五岁的，难道没有一个清楚的理想，让我们在思索推论里知悉吗？

我们关心的都市新人种，他们耳朵罩着随身听，过大的衬衫放在裤外，即使好天他们也罩一件长到小腿的黑色神秘风衣。少女们则全身燃烧着颜色一样，黄绿色的发，红蓝色的衣服，黑白的鞋子，当他们打着拍子从我面前走过，就使我想起童话里跟随王子去解救公主的人物。

新人种的女孩，就像敦化南路圆环的花圃上，突然长出一株不可辨认的春花，它没有名字，色彩怪异，却开在时代的风里。男孩们则是忠孝东路刚刚修剪过的路树，又冒出了不规则的枝丫，轻轻地反抗着剪刀。

最流行的杂志上说，那彩色的太阳眼镜是"燃烧的气息"，那长短不一染成红色的头发是"不可忽视的风格之美"，那一只红一只绿的布鞋是"青春的两个眼睛"，那过于巨大不合身的衣服是"把世界的伤口包扎起来"，而那些新品种的都市人则被说成是"青春与时代的领航者"。

这些领航的大孩子，他们走在五线谱的音符上，走在调色盘的颜料上，走在电影院的广告牌上，走在虚空的玫瑰花瓣上，他们连走路的姿势，都与我年轻的时代不同了。

我的青年时代，曾经跪下来嗅闻泥土的芳香，因为那芳香而落泪；曾经热烈争辩国族该走的方向，因为那方向而忧心难眠；曾经用生命的热血与抱负写下慷慨悲壮的诗歌，因为那诗歌燃起火把互相传递。曾经，曾经都已是昨日，而昨日是西风中凋零的碧树。

"你说你们那一代忧国忧民，有理想有抱负，我请问你，你们到底做了什么了不起的大事？"一位西门町的少年这样问我。

我们到底做了什么了不起的大事？拿这个问题问飘过的风，得不到任何回声；问路过的树，没有一棵摇曳；问满天的星，天空里有墨黑的答案，这是多么可惊的问题，我们这些自谓有理想有抱负忧国忧民的中年，只成为黄昏时稳重散步的都市人，那些不知道有明天而在街头热舞的少年，则是半跑半跳的都市人，这中间有什么差别呢？

有一次，我在延吉街花市，从一位年老的花贩口里找到一些答案，他说："有些种子要做肥料，有些种子要做泥土，有一些种子是天生就要开美丽的花。"

农人用犁耙翻开土地，覆盖了地上生长多年的草，草很快地成为土地的一部分。然后，农人在地上撒一把新品种的玫瑰花种子，那种子抽芽发茎，开出最美的璀璨之花。可是没有一朵玫瑰花知道，它身上流着小草的忧伤之血，也没有一朵玫瑰记得，它的开放是小草舍身的结晶。

我们这一代没有做过什么大事，我们没有任何功勋给青年颂歌，就像曾经在风中生长，在地底怀着热血，在大水来时挺立，在干旱的冬季等待春天，在黑暗的野地里仰望明亮的天星，一株卑微的小草一样，这算什么功勋呢？土地上任何一株小草不都是这样活着的吗？

所以，我们不必苛责少年，他们是天生就来开美丽的花，我们半生所追求的不也就是那样吗？无忧地快乐地活着。我们的现代是他们的古典，他们的朋克何尝不是明天的古典呢？且让我们维持一种平静的心情，就欣赏这些天生的花吧！

光是站在旁边欣赏，好像也缺少一些东西。有一次散步时看到工人正在仁爱路种树，他们先把路树种在水泥盆子里，再把盆子埋入土中，为什么不直接种到土地里呢？我疑惑着。

工人说："用盆子是为了限制树的发展，免得树根太深，破坏了道路、水管和地下电缆。也免得树长太高，破坏了电线和景观。"

原来，这是都市路树的真相，也是都市青年的真相。

我们是风沙的中年，不能给温室的少年指出道路，就像草原的树没有资格告诉路树，应该如何往下扎根、往上生长。路树虽然被限制了根茎，但自有自己的风姿。

那样的心情，正如同有一个晚秋的清晨，我发现路边的马缨丹结满了晶莹露珠，透明没有一丝杂质的露珠停在深绿的叶脉上，那露水，令我深深感动，不只是感动那种美，而是惊奇于都市的花草也能在清晨有这样清明的露。

那么，我们对都市风格、人民品质的忧心是不是过度了呢？

都市的树也是树，都市人仍然是人。

凡是树，就会努力生长；凡是人，就不会无端堕落。

凡是人，就有人的温暖；凡是树，就会有树的风姿。

树的风姿，最美的是敦化南北路上的枫香树吧！在路边的咖啡屋叫一杯上好的咖啡，从明亮的落地窗望出去，深深感到那些安全岛上的枫香树，风情一点也不比香榭丽舍大道的典雅逊色，虽然空气是脏了一点，交通是乱了一点，喇叭与哨子是吵了一点，但枫香树是多么可贵，犹自那样青翠、那样宁谧、那样深情，甚至那样有一种不可言说的傲骨，不肯为日渐败坏的环境屈身。

尤其是黄昏时分，阳光的金粉一束束从叶梢间穿过，落在满地的小草上，有时目光随阳光移动，还可以看到酢浆草新开的紫色小花，嫩黄色的小蛱蝶在花上飞舞，如果我们用画框框住，就是印象派中最美丽的光影了。可惜有很多人在都市生活了一辈子，总是匆忙地走来走去，从来没有看过这种美。

枫香之美、都市人之品质、都市之每株路树，虽各有各的风情，其实都是渺小的。有一回我登上郊外的山，反观这黄昏的都城，发现它被四面的山手拉手环抱着，温柔的夕阳抚触着城市的每一个角落，天边朗朗升起万道金霞，这时，一棵棵树不见了，一个个人也不见了，只看到互相拥抱的楼宇、互相缠绵的道路。城市，在那一刻，成为坐着沉思的人，它的污染拥挤脏乱都不见了，只留下繁华落尽的一种清明壮大庄严之美。

　　回望我所居的城市，这座平常使我因烦厌而去寻找细部之美的城，当时竟陪我跨越尘沙，照见了一些真实的大块的面目。那一天我在山顶上坐到辉煌的灯火为城市戴着光环才下山，下山时还感觉到美正一分一分地升起。

　　我们如果能回到自我心灵真正的明净，就能拂拭蒙尘的外表，接近更美丽单纯的内里，面对自己是这样，面对一座城市时不也是这样吗？清晨时分，我们在路上遇到全然陌生的人，互相点头微笑，那时我们的心是多么清明温情呀！我们的明净可以洗清互相的冷漠与污染，同时也可以洗涤整个城市。

　　如果我们的心足够明净，还会发现太阳离我们很近，月亮离我们很近，星星与路灯都放着光明，簇拥我们前行。

　　就像有一天我在仁爱路的菩提树上，发现了一个小红蚂蚁的窝，它们缓缓在春天的菩提枝丫上蠕动，充满了生命清新的力量，正伸出触角迎接经过漫长阴雨之后都城的新春。

　　对我们来说，那乱车奔驰的路侧，是不适于生存，甚至不适宜站立的；可是对菩提树，它们努力站立，长出干净的新绿；对小红蚂蚁，它们自在生存，欣然迎接早春；我们都是一样，默默不为人知，在都市的脉搏里流动的一丝清明之血。

从有蚂蚁窝的菩提树荫走到阳光浪漫的黄昏，我深深地震动了，觉得在乡村生活的人是生命的自然，而在都市里生活的人，更需要一些古典的心情、温柔的心情，一些经过污染还能沉静的智能。这株黄昏的菩提树，树中的小蚂蚁，不是与我一起在通过污染，面对自己古典、温柔、沉静的心情吗？

黄昏时，那一轮金橙色的夕阳离我们极远极远，但我们一发出智慧的声音，他就会安静地挂在树梢上，俯身来听，然后我感觉，夕阳只是个纯真的孩子，他永远不受城市的染着，他的清明需要一些赞美。

每天我走完了黄昏的散步，将归家的时候，就怀着感恩的心情摸摸夕阳的头发，说一些赞美与感激的话。

感恩这人世的缺憾，使我们警醒不至于堕落。

感恩这都市的污染，使我们有追求明净的智慧。

感恩那些看似无知的花树，使我们深刻地认清自我。

最大的感恩是，我们生而为有情的人，不是无情的东西，使我们能凭借情的温暖，走出或冷漠或混乱或肮脏或匆忙或无知的津渡，找到源源不绝的生命之泉。

听完感恩与赞美，夕阳就点点头，躲到群山背面，只留下满天羞红的双颊。

一九八六年九月二十二日

22

# 召集有缘人的钟声

《高僧传》里，记载天台智者大师的传记，有一段我特别喜欢。

智者大师有一次做梦，梦见一座岩崖万重的大山，云日半垂在山上，山崖下则临着极深的沧海，海水非常澄澈。有一位僧人在山峰上，伸出手来摇着打招呼，又要挽他上山，正要上山的时候梦却醒了。

智者大师醒来后把梦见的情景告诉弟子，他座下有去过天台山的弟子就说："这是位于会稽的天台山呀！历代有许多高僧住在那里。"智者于是和弟子慧辩等二十余人南下，要到天台山去。

那时，天台山住着一位青州来的高僧定光，他已经在天台山住了四十年，在智者大师抵达天台山的两年前，他就对山里的百姓预说："有一位大善知识会来住在本山，你们应该多种豆造酱，编蒲草为席，盖一些新房子来欢迎他。"

后来智者大师果然到了天台山，和定光相见，定光一见面就对他说："大善知识，你还记得早年我在山上对你摇手相唤的事吗？"智者感到非常惊异，才知道自己早年的梦不是幻象，而是真实的存在。

那时是陈朝太建七年九月的秋天，当智者大师抵达天台的时候，天台山的山谷响遍了洪亮的钟声，久久不绝，大家都感到非常奇异。定光说："这是召集有缘人的钟声呀！"

智者大师于是在天台山住了下来，后来开启了天台宗，成为佛教八大宗之一，智者大师也是使佛学中国化的第一人。他在天台山住了二十二年，建造大道场三十六所，在他座下剃度的出家的弟子有一万五千多人。

听过这响满山谷的有缘人的钟声，我们再来看智者大师的两则小故事。他小时候就喜欢到寺院游玩，七岁的时候到寺院，一位师父看他聪明伶俐，就教他念《法华经普门品》，读过一遍，他就会背诵了。

智者大师二十岁受了比丘戒后，往光州大苏山去拜慧思禅师为师。慧思一见到他就知道了宿昔的因缘，对他说："从前我们一起在灵鹫山听世尊讲《法华经》，有这样深的宿缘，所以今天又在这里见面了。"于是对他示现普贤菩萨的道场，指授他修行的要旨。智者经过二十一天入观修行，豁然贯通，定慧圆融，而且证悟了天眼通、天耳通、他心通、神足通、宿命通、漏尽通六种神通。

可见得智者大师的宿缘之深厚，他到天台山时，天地山谷为他鸣钟，实在是极自然的事了。

"有缘人的钟声"是佛教最基本的思想基础，就是一切成住，一切坏空，无不是因缘的聚散变灭，而在智慧追求的道路上，只有有缘的人才能听见山谷里遍响的钟声，也才能为钟声所召集。


## 纵使相逢应不识

我们现在再来说一个故事。

唐朝的法顺大师，又名为杜顺和尚，他是华严宗的初祖，相传是文殊菩萨的化身。

杜顺和尚年轻的时候，跟随道珍禅师修习定法，有很多神验。有一年，唐太宗生热病，下诏向杜顺问："朕为劳热所苦，以大师的神力何以灭除？"

杜顺说："皇上以圣德统治天下，小病何忧？但颁大赦，圣躬自安。"

唐太宗听从他的建议，下诏大赦天下，病马上就好了。太宗为表彰杜顺，赐号为"帝心"。从此，杜顺和尚的圣号就闻名于天下了。

虽然杜顺这么伟大，到晚年的时候，还有弟子不能知道他的殊胜。在他晚年的时候，有一位追随他多年的弟子来向他告假，说是要到五台山去朝礼文殊菩萨的道场。杜顺听了，也不阻止弟子，而且微笑着准许了他的告假，临行还赠他一首偈：


游子漫波波，台山礼土坡；

文殊只这是，何处觅弥陀？

弟子还是不能领会他的意思，便收拾行囊向五台山出发了。好不容易走到五台山下，他向一个老人问路说："我想到五台山去顶礼文殊菩萨，不知要怎么走？"

老人说："文殊菩萨现在不在五台山，而是在终南山，就是高僧杜顺和尚呀！"

弟子听了心头一惊，非同小可，因为杜顺和尚不正是自己的师父吗？于是兼程赶回终南山。等他赶到终南山时，杜顺已经在十一月十五日坐化了，甚至无缘见到师父的最后一面。

这个故事真是应了民间的一句俗话："有缘千里来相会，无缘对面不相识。"还有一副对联说："天雨虽广难育无根之草，佛门虽大不度无缘之人。"都是说明"缘分"的重要。

对于缘分的实质或者想象，总是带给我们一种无限奥妙深远的情愫，同时也给人生的浮云聚散带来一些茫然、一点惆怅。

不过，非常确定的一点是，对于无数的人，即使文殊菩萨站在眼前，也不能相识，那是有如盲人看月，月是一直存在的，只是眼盲的人不能看见罢了！

只可惜世界上有很多人不能珍惜缘的成就、缘的力量，与缘的殊胜。


## 佛的三种不能

在《景德传灯录》里，记载了一则元珪禅师的故事。

元珪禅师在中岳庞坞修行的时候，住在一个简陋的茅草屋里，有一天一位戴漂亮帽子穿着华丽衣服的公子来拜访他，这位公子有很多随从，浩浩荡荡到了茅屋前面，称元珪为"大师"。元珪见他形貌奇伟非常，就问他说："仁者有何贵事，到老僧的陋室来呢？"

"大师，你认识我吗？"那位公子说。

元珪说："在我的眼里，佛与众生没有分别，我都同等对待，你是谁又有什么分别呢？"

公子说："我就是这座山的山神，可以使人死去，也能让人重活，你怎么可以把我看成和别人一样呢！"

元珪说："我本来不生，你又怎么使我死呢？我看我的身体与虚空相同，看我和你相同，你如果能毁坏虚空和你自己，才能毁坏我，你能毁坏虚空和你自己吗？我早就是达到不生不灭境界的人了，你尚且不能有不生不灭的境，何况是令我生死呢？"

岳神听了，知道元珪禅师是得道的高人，立即稽首顶礼拜他为师，并且由禅师授以杀、盗、淫、妄、酒五戒，正式收为弟子。

岳神受了三皈五戒之后，问元珪禅师说："我的神通和佛比起来怎么样？"

元珪说："如果把神道说成十能，你有五能五不能，佛则有七能三不能。"

岳神一直自认神通广大，听到禅师所说，悚然避席跪地说："请师父开示。"

元珪说："我问你，你能使上帝往东天奔跑？而在西边同时出七个太阳吗？"

"不能。"岳神说。

"那么，你能夺住地上所有的神明吗？你能使五岳联结在一起吗？你能让四大海的海水融合在一起吗？"

"不能。"岳神说。

"这就是你的五种不能。"元珪禅师继续说，"我现在来告诉你，佛的三种不能：佛能空一切相，成万法智，而不能灭定业。佛能知群有性，穷亿劫事，而不能化导无缘。佛能度无量有情，而不能尽众生界。这就是佛的三种不能。但是，定业并不是牢久不可破的，无缘也只是一段时间，并不是永远的……依我所解悟的佛，他并没有什么神通，只是以无心来通达一切的法罢了。"

这个故事说明了佛教的基本精神，就是佛并不是万能的，他有无限的智慧与能力，却不能灭除每个人自己做下的定业果报；他知道众生都有佛性，究竟了无始劫的因缘，却不能感化教导没有缘分的人；他能度的有情众生是无数量限制的，但却不能把众生全部度尽，因为有许多无缘的众生。

佛的三种不能里，有两种是与缘分有关的，可见缘分乃是这个世界上最困难的事。佛陀当年在灵鹫山上讲《妙法莲华经》，现场就有五千人站起来走掉，佛陀的弟子似都很生气，佛陀却一点也不生气地说："他们是机缘还没有成熟呀！"

这真是彻见了人生因缘的智慧之语。我们在这有情的人间，被抛弃、被见离、被轻忽、被生离死别，饱受了种种情感的折磨，如果我们能进入因缘的内在世界，平心静气地说："我们是机缘还没有成熟呀！"这时，我们就超越了束缚，照见人生是因缘合成的本来面目。

# 因缘沉埋八千年

在佛经里，把一切有为法由缘而生成，称为"缘生"；把一切事物的待缘而起，称为"缘起"；但一切因缘都不是永恒的，转眼消失，叫作"缘灭"。

我们常说"因缘""因果"，到底因、缘、果之间有什么关系和差别呢？我们可以这样简单地说：森罗万象都自因缘而成，因缘合成而生的就叫果。这在经典上是"因则能生，果则所生，缘则助生"，对所生成的果来说，因是亲而强力的，缘则是疏而弱力的。例如种子为因，雨露农夫等环境因素为缘，这因缘合成生出来的米，就是果。

了解到这一层，我们就知道因果之间有绝对关系，但却不是必然关系。例如说我们种了一个因，这个因没有缘的相会，它就永久止于未来，不能显现它的果。我们前面说"佛不能灭定业"，定业虽不可灭，却可以"止"，用愿力改变诸缘，则定业的果就永远不能结了。

举一个例子说，有一年我到埃及去旅行，在开罗博物馆看到许多从法老王墓穴中挖出来的食物种子，有小麦、稻子、玉米等等，那是法老王陪葬用的种子，因为在古老埃及人的轮回观念里，认为人死后转生另一个世界，是带着灵魂、身体、黄金、食物一起转生的，因此才有木乃伊，以及非常多而丰富的葬品。

我特别留意那些种子，种子中最老的，干燥后埋在地里已有八千年的历史了，到本世纪才被挖掘出来。

开罗博物馆的导游告诉我们，那些沉埋数千年的种子被挖出来以后，都做过实验，发现大部分的种子都还能发芽、开花、结果，而埃及许多早就消失的谷种，都因这些种子的发现，重新生存到这个世界上。

当时，我听到这里，看那些用锦盒盛着的黑灰色谷种，心里有一种美丽的感动，人的转生虽无法证明，但那些种子不正是转生的预示吗？

用埃及的种子来解释因、缘、果，就能有一个明显的说明：种子被埋在地里八千年没有被挖掘，在那漫长的八千年里，它一直是一个因；八千年后被发现了，被实验、被种植、被期待、被照愿，都是各种缘的会合；最后证明它还能结出果实，这是果的完成。

从这里联想，我们今生所感召的果，何尝不是经过遥远生世所埋下的因，在这一生中会面的缘所生出来的呢？如果没有缘，就是沉埋数千年的因也不能结果呀！


## 处处都是明亮动人的钟声

佛陀曾以钻木取火来说因缘法，他说：

> 诸法皆如是，譬如两木相揵，
> 火出还烧木，木尽火便灭。

因缘正是如此，两根木头里何尝有火呢？可是相碰以后就有了火，火是从哪里来？往哪里去？火出来以后把木头烧了，木头烧完，火又熄灭了。

两个人相会也是如此，两个人心里何尝有情感呢？可是一相遇情感就产生了，情感从哪里来？往哪里去？情感之火点燃以后把两个焚烧，烧完了情感，火就熄灭了。

这就是"因缘合乃成，因缘离散即灭"的实相，也是大至宇宙、小至人生的实相，同时也是空相。

面对这种人生不可避免的真实，我们要如何呢？

修行者告诉我们最好的人生道路是：

> 心田不长无明草，
> 性地常开智慧花。

说我们看待因缘最好的人生道路是：

> 历尽万般红尘劫，
> 犹若凉风轻拂面。

我们是薄地的凡夫，很难做到那样的境界，但是我常常对别人说，要"惜缘"，要"不弃世缘"，那是因为今生的每一个因缘都不是那么容易得到的，只有惜缘的人才能坦然无悔，只有不弃世缘的人才能知道每一次小小的因缘都是历经亿万年流浪生死的一回照面，那么追求更高的般若智慧，体验万古长空一朝风月的机缘，不更是非常非常之难吗？

让我们回到心灵明净的自我，聆听在我们自性深处声音虽小却明亮动人的钟声吧！

让我们在互相照面的时候，聂耳静听在别人内心里微弱可辨，可以互相共鸣共振的钟声吧！

让我们在高山的时候，听高山之钟；在海滨，听海滨之钟；在森林，听林木之钟；在变幻的蓝天，听白云、霞彩、霓虹，甚至乌云的钟声。

这个世界，到处都敲着召集有缘人的钟声，随遇都是有缘人，钟声不只敲在天台山谷，也不只响遍寺院之中，只要我们足够明净，时时都能听到有缘的钟声。

# 世界的中心

最近，我到垦丁公园里的生态保护区"南仁湖"去小住两天。

南仁湖因为是管制区，一般人不容易进去，所以到现在还保有它原始纯净的面貌。南仁湖位于南仁山区，这个山区有丘陵、山谷、湖泊、溪流、山坡、草原、原始林等等不同的景观，其中最美的部分却是南仁湖及湖畔的草原。

这个占地非常大的湖泊，沿岸弯曲有致，四周的草原青翠而平坦，水草丰美，湖里有各种鱼类，每年到了冬季，过境的候鸟都在这里栖息。而且，这里的天空、山、云，乃至晚上的星月都有非凡之美，在南仁湖畔居住的两天，使我仿佛完全舍弃了红尘，进入一个天涯海角的净土。

在这广大的人间仙境里，只住了一户人家，这户人家共有四口人，一对中年的夫妻带着弟弟和孩子住在水泥平房里，我就在他家借宿。

这一户人家在深山的湖畔居住了二十多年，从前以种田为业，后来改牧牛羊，现在养了七十几头牛和三百多只羊，由于牛羊在山间放牧，因此他们的生活单纯悠闲，并不忙碌，能住在风景那样优美的地方，真正是人间最幸福的事了。

可是让我最惊异的是，主人并不能感觉到那里的风景有什么优美，他还对我说："我真想搬到台北去住呢！"

他说："这里从前有十七户人家，有办法的人老早都搬出去了，只有我们这种找不到头路的人才住在这深山里呀！"言下颇有感慨之意。

本来，住在这远离尘嚣的地方，心里是可以非常明净安宁的，可是主人受不了明净与安宁，他告诉我，受了二十几年的寂寞，在这个月，他终于狠下心买了一部发电机、一台冰箱、一台彩色电视。一到了夜晚，燃烧柴油的发电机就轰然被抽响，震撼了整个山谷，然后一家人围在电视前面，看着遥远的山外发生的事故，新闻里无非是争战、是非、与残杀；连续剧里则是侠情、乱爱、与纷扰；综艺节目是脂粉、电光、与浮夸……

当发电机拉起的时候，我总是搬着竹凳，独自坐在黑暗的前庭，看明亮清澈的星月，看妩媚无比的山的姿影，看淡淡浮在湖面上的金光，以及不时流浪而过的萤火。要一直等到电视的声音完全歇止，主人才会搬一张椅子出来，陪我喝茶。

我看着主人因工作而满布着风霜的脸，想到在这么幽深宁静的山中，他们渴望着外面繁华世界的消息，原是无可厚非的，如果是我们住在这样的山里，面对着变化微小、沉默不语的湖与山，我们是不是也会渴盼着能知道山外的红尘呢？答案是非常肯定的。

# 你从哪里看这个世界？

非但如此，我发现住在这山中唯一的人家，他们并不是很亲和的，由于重复而单调的工作，使他们难以感受到生活中的悦乐，脸上自然地带着一丝怨气。由于家庭成员的关系过度亲密，竟使他们无法和谐地相处，不时有争吵的场面，争吵当然也不是很严重的，很快像山上的乌云飘飞而过，但过于密集的争吵，总不是好事。

从南仁湖回来以后，我开始思考起人根本的一些问题，这一户居住在极南端边地里的人家，在我们看来他们是住在世界的边缘了，可是他们却终日向往着繁华的生活，他们的身虽在边地，心却没有在边地。

他们一家四口人，每人都认为自己是中心，难以退让，所以才会不时地发生争吵。

在我的眼中，南仁湖是世界上少见的美景，能住在那里不知道是几世修来的福气，可是他们不能欣赏那里的美，也不觉得是福气，他们的心并不能和那里明净的山水相映。反过来说，我虽住在城市，我的心并不能与电视相映，反而他们住在原始林中，竟能深深地和电视产生共鸣，这到底是什么道理呢？

他们也同样对我有着疑惑的，女主人每天做菜的时候，总是要问我一次："你年纪这么轻，为什么要吃素呢？"甚至还对我说，他们住在山里二十多年，我是第一位吃素的客人，令他们感到相当意外。

还有一次，我坐在屋前的竹林中看飞舞采花的黄裳、青斑、白斑不同的蝴蝶入神的时候，主人忍不住坐到我的身边，问我："你一直说这里的风景很美很美，到底你是从哪里看的呢？"我大大地吃了一惊，指着面前的蝴蝶说："这不是很美吗？"他看了一下，茫然地笑着，起身，走了。

到底你是从哪里看的呢？

是看山、看云、看湖、看星，还是看水鸟呢？

我自己也这样问着，并寻找答案，最后我找到的答案，几乎全不是眼前的景色，而是因为心，我是从心里在看着风景的。

有一天，如果我避居在南仁山，我可以看到它最美丽的一面。但是现在，我居住在城市，我也同样能领略城市之美。问题不在南仁山、不在城市、不在任何地方，而在心眼。

这就像垦丁的一位朋友告诉我，他开车开了十几公里，带一个官员到龙坑去看海浪，官员看了半天对他说："这也没什么，只不过是海浪而已。"

我的朋友本来想问："那，你想看什么呢？"

后来，他没有那样问，而问说："你能看什么？你会看什么呢？"

南仁山的经验使我知道，不只是人，不只是山水，甚至整个世界，它的中心就是人心。

## 我坐的椅子就是世界中心

人心是世界乃至宇宙无限的中心，这是一个多么大的发现。

从前，古埃及人认为孟菲斯是世界的中心，希腊人则认为德尔菲是世界的中心，英国人却认为世界的中心在伦敦的堪培拉花园。中国人则认为世界的中心在长安，罗马帝国时代认为世界的中心在万神殿。甚至连非洲人都以为世界的中心在非洲。

这并不是由于无知或愚昧，一直到现在，美国人认为世界的中心在华盛顿，俄罗斯人却认为是在莫斯科。

在地球刚被发现是圆形的时候，地球人认为地球是宇宙的中心，后来发现地球绕日而行，才勉强承认太阳是太阳系的中心。又后来发现宇宙有无数的星云漩系，又不能确定什么才是宇宙的中心了。

其实，这种自认是中心的观点并没有错，因为地球是圆的，不管以哪一点为定点，它都可以是中心，都可以万法归一。不要说长安、罗马、孟菲斯、德尔菲，就是我现在坐的这张椅子，也可以说是世界的中心。

再从宇宙无限的观点来看，上下四方既无尽头，说地球是中心又有什么错呢？

这是从空间来看的。再从时间来看，从大的角度说，历史上每一个时代的人，都把自己那个时代看成是世界历史的中心，要"承先启后"，要"继往开来"，要"为往圣继绝学，为万世开太平"，甚至要"前不见古人，后不见来者，念天地之悠悠，独怆然而涕下"。虽然我们从大格局来看，许多时代是平淡平凡的，可是他们那一代的人在那个时候，却都认为那是"轰轰烈烈的大时代"。

再从个人来说，每个人都免不了认为自己的时间过程最重要，我们是儿童时，认为世界应以儿童为中心；我们是青年时，认为世界不够照顾青年；我们是中年时，往往看不惯前卫的青年和保守的老年，认为中年人才能创造世界；我们是老年时，总会埋怨世界不敬老尊贤，或者批评老人福利办得不好。

我们是青年时，谁想过老人福利的问题呢？

所以说，不管是从空间或时间来看，我们自己就可以说是世界的中心，或者说每个人认为自己是世界中心而不肯承认。这是我们这个世界的实相，但也是这个世界的空相，因为时过境迁，中心就未必是中心，而换一个角度，中心又成为边地了，这不是一切成空吗？

世界的中心其实不是地理上、历史上的，世界的中心就是一个人的心之实相。

在佛教经典里，对世界中心乃至宇宙中心是人心早就有深刻的见解，佛陀在《楞严经》里曾对阿难说：

中何为在？为复在处？为当在身？若在身者，在边非中，在中同内。若在处者，为有所表？为无所表？无表同无，表则无定。何以故？如人以表，表为中时，东看则西，南观成北，表体既混，心应杂乱。

在《维摩经》里，维摩诘对弥勒菩萨说：

> 弥勒，世尊授仁者记，一生当得阿耨多罗三藐三菩提，为用何生得受记乎？过去耶？未来耶？现在耶？若过去生，过去生已灭，若未来生，未来生未至，若现在生，现在生无住。如佛所说：比丘！汝今实时亦生亦老亦灭。

前一段经文是空间的，后一段是时间的，中心在哪里呢？并不在时空，而是在人的心性。近代思想家张铁君曾由这两段经文演义，写出极明白的两段话来讲时空，他说：

> 其实天下的中央并不一定，在地平面上处处皆中处处非中，只视乎以何地作为四围而定。东西南北莫不如此。如谓此地为北，则北之北，尚有北在。以北之北来看北，则北又为南。如谓北地为南，则南之南，尚有南在。以南之南来看南，则南又为北。东西也是如此，所谓远东，不过以欧西的国家为坐标，在中国人看来，东方而已，何有于远？中国的远东应该是美洲才对。可证空间本无方位，南北不过随人而定。

> 时间过去的过去了，未来的尚没有来，现在的刹那间即已消逝，而且刹那又在哪里？照这样看，哪里有过

去？有未来？又哪里有现在？因而无古无今，无旦无暮，时间只不过是一条无始无终连绵不断的长远罢了。

到这里，是不是让我们更见到心的实相呢？
《楞严法要串珠》说：

> 当知虚空生汝心内，犹如片云点太清里。况诸世界，在虚空耶。汝等一人发真归元，此十方空，皆悉销殒。圆明精心，于中发化。如净琉璃，内含宝月。圆满菩提，归无所得。

在佛经里，人的心性可以与虚空相应，可以大如虚空，所以说虚空在心里，世界还在虚空之中，人心就大过世界了。但这是从大处说，如果从小处着眼，每一个凡夫的心也都是世界的中心，即使不能改变大世界，对自己所居住的小世界仍有决定性的影响。

所以，在佛教里说，在最深沉黑暗的地狱中焚烧众生的烈火，当地藏菩萨走过时都化成艳丽的红莲花；在大菩萨的眼中，森罗地狱就是春色满园的净土，有什么不能呢？


## 人心就是世界

近几年来，社会治安一天比一天败坏，已经到了让人痛心疾首的地步，尤其是今年，每天打开报纸的社会版，总会感到内心深处一阵抽紧，为什么那些残暴无比的凶案竟会每天发生呢？这个社会到底在什么地方出了问题呢？

许多专家告诉我们，要改革社会的不安应该从家庭、学校、社会的教育着手，并且要加强警力，改变社会奢侈淫靡的风气等等。可是当我们发现受过高等教育的知识分子因一念之嗔可以举刀杀人，因一念之痴而自戕身命，尤其是连警察人员也常因一念之贪而贪污抢劫、伤人害命时，我们就知道问题不是那么简单。

家庭、学校、社会教育的重点又在哪里呢？也在人心！

佛教思想的基础，就是从心的认识与觉悟开始的，佛陀早就告诉我们，一个人要成为什么样子，他现在的宿命，未来的道路，都是心的缘起，从出世法说，心的清净可以使人超出三界，成圣果、证法身；从入世法说，心的清净可以使社会平安、国家安泰、世界和平。

佛经常说："心取罗汉，心取天，心取人，心取畜生虫蚁鸟兽，心取地狱，心取饿鬼作形貌者，皆心所为。"

·个人、一个社会、一个国家的败坏，简单地说，就是心所染着，不能清净，心的染着因素则是贪、嗔、痴、慢、疑，我们打开报纸，让我们触目惊心的事件，无不是贪嗔痴慢疑所造成的呀！

世界的中心是人心。民国初年的高僧倓虚法师在他的《影尘回忆录》里说：

佛法维系着每一个人的人心，像一根细长的灯芯子，人心似一个添满了慧油的灯盏，燃起了人心灯中的灯芯子，放出无尽的光明，照耀着整个世界（乃至无边的世界）。可是如果把灯芯子抽去不要，灯就立时熄灭不亮了。换句话说，如果使人心失去了道德的教化，抽掉了因果理的维系，人心也就肆无忌惮，败坏到不可收拾了。

人心其实不只是世界中心，人心就是世界！


## ——微尘中，见一切法界

从南仁山离开的那天清晨，我特别跑到种着一片红色睡莲的湖畔，看莲花在清晨的眸光中开起，一行栖在山头的白鹭鸶也被曦光唤起，在山谷中优雅地盘飞着。白鹭绕过之处，小雨蛙纷纷从莲叶跳入湖中，一圈极细小的涟漪一直向四周扩散，终于扩散成为一个极大的圆周。

我想，人心也是这样的。

面对再好的莲花、再美的水色，如果不能静虑，有澄澈的心去感受与对应，一切都是惘然。

我想起《华严经》里的一段经文：

善男子！

当知自心，即是一切佛菩萨法；

由知自心即佛法故，则能净一切刹，入一切劫。

是故善男子！

应以善法，扶助自心；

应以法雨，润泽自心；

应以妙法，治净自心；

应以精进，坚固自心；

应以忍辱，卑下自心；

应以禅定，清净自心；

应以智慧，明利自心；

应以佛德，发起自心；

应以平等，广博自心；

应以十力四无所畏，明照自心。


我们都是十方世界里的善男子与善女人，在这广大无边际的时空之中，我们可能是渺小的，无法含水泼熄世界燃烧的火焰，也不能以安静来止息世界的喧吵纷扰，但只要我们的心香光庄严，觉性遍满，就能使世界其光遍满，无坏无杂。


于此莲花藏，世界海之内；

一一微尘中，见一切法界。


《华严经卢舍那品》里不是这样说过吗？在这宝莲花所结遍的佛净土上，在这世界广大的土地与大海之内，每一点滴最小的尘埃中，也可以看到一切的法界呀！

这是多么超拔美丽的境界，人心之小可以小到微尘一般，人心之大则大到遍满莲花藏的世界。

那么！善男子！善女人！坐下来，止静禅定，回来观照自己的心吧！

**注：**

十力：

1. 知觉处非处智力

2. 知三世业报智力

3. 知诸禅解脱三昧智力

4. 知诸根胜劣智力

5. 知种种解智力

6. 知种种界智力

7. 知一切至所道智力

8. 知天眼无碍智力

9. 知宿命无漏智力

10. 知永断习气智力

四无所畏：

1. 总持不忘，说法无畏。

2. 尽知法药，及知众生根欲性心，说法无畏。

3. 善能问答，说法无畏。

4. 能断物疑，说法无畏。

一九八六年十月一日

# 华枝春满，天心月圆

今年以来，佛教界有许多法师、居士相继示寂。

春天的时候，我们失去了世寿九十五岁的广钦老和尚，及九十七岁的李炳南老居士。

夏天，八十六岁的慧三长老在树林福慧寺合掌坐化，八十四岁的贤顿老和尚在台北临济禅寺安详圆寂，六十八岁的煮云大法师在凤山佛教莲社念佛而逝。

这几位都是对佛教有重大贡献，个人修行也严谨超拔的上人，他们的示寂固然是台湾佛界的损失，但从佛教生死无常、人命短促的观点来看，无非是一种自然的过程而已。

值得注意的是，这几位高僧大德都是预知时至，在极安详的情况下离开了他们示现度化的人间。煮云大法师在圆寂前二十天就预知自己死的时辰；慧三长老是在两天前预知时至，嘱咐弟子今后应该合作共修，圆寂当天仍作经行，沐浴后在沙发椅上合掌坐化。

广钦老和尚和李炳南老居士更是除了预知时至，还留了偈语，为人所传诵，广钦老和尚圆寂前对弟子说偈："无来亦无去，没有什么事。"（后面这一句要用闽南语来念为"无什么大记"）李炳南老居士的偈更简单，是"一心不乱"。

## 七佛的遗偈

有一些知识分子在报纸上看到报道，问我："为什么他们修持了几十年，只留下这么简单的话呢？"

是呀！这样的偈多么简单，是小孩子都能念的，一代高僧大德毕生研习修行，到最后要留下一句话时，为何没有留下高深的话语，而留下了如此简单的偈呢？

不仅高僧大德遗下来的偈，我们看起来好像不太高深，就是佛所留下的偈也貌似简单，我们现在就来看以前的佛灭后所留下的偈语：

毗婆尸佛：

身从无相中受生，犹如幻出诸形象；
幻人心识本来无，罪福皆空无所住。

尸弃佛：

起诸善法本自幻，造诸恶业亦是幻；

身如聚沫心如风，幻出无根无实性。

毗舍佛：

假借四大以为身，心本无生因境有；

前境若无心亦无，罪福如幻起亦灭。

拘留孙佛：

见身无实是佛身，了心如幻是佛心；

了得身心本性空，斯人与佛何殊别？

拘那含牟尼佛：

佛不见身知是佛，若实有知别无佛；

智者能知罪性空，坦然不怖于生死。

迦叶佛：

一切众生性清净，从本无生无可灭；

即此身心是幻生，幻化之中无罪福。

释迦牟尼佛：

法本法无法，无法法亦法；

今付无法时，法法何曾法？


这七尊佛的遗偈，看起来是不是很简单呢？然而这个简单是
"三岁小儿也晓得，八十老翁行不得"，是"此中有深意，欲辩
已忘言"。

从七佛遗偈里，我们可以看出"偈"实在是佛教极大的特色，
偈，就是佛家所作的诗，分为"通偈"和"别偈"两种，别偈就
是四言五言七言而以四句成之者，通偈是不问长短和句数的诗。
"偈"的意思有两种，一种是联合美辞而歌颂之，一种是能摄尽
其义之意。

佛教传入中国，禅宗大兴之际，可以说使"偈"成为一种辉
煌光辉的形式，不但在悟道时有偈，颂赞时有偈，舒怀、忏悔时
有偈，到要圆寂时也一样留下偈语，这些历代禅宗大德的偈不但
是中国文学的宝藏，也成为修行体悟的启发与典范。

禅师临终时所留下的偈叫作"遗偈"，理论上，遗偈应是偈
中的最精华，因为禅师示寂的时候，即使有再高的文学修养，也
不会以华美的文句来说偈，那是由于遗偈有实证、悟道、警策的
功能，若能形式简单、内容通俗，对于后人才有真正的裨益。而
我们如果能静心回观历代禅师的遗偈，就能在最简单的字句里
面，看到最精华的精神与境界所在。

广钦老和尚的遗偈应作如是观。

# 虚云与弘一

为了让我们更清楚看见遗偈的精神所在，我们来看近代四大高僧示寂的情况。这四位高僧是虚云、弘一、印光、太虚。

虚云和尚是清末民初的禅宗高僧，生于道光二十年（一八四〇年）七月二十九日寅时，在一九五八年以吉祥卧示寂，活了一百二十岁。

虚云和尚圆寂时，为弟子说的遗偈是：

勤修戒定慧，息灭贪嗔痴。

并且告诫弟子说："正念正心，养出大无畏精神，度人度世！"

他在那一年八月已知世寿不久，曾留下三首偈，也算是遗偈的一部分。我在这里录下其中的一首：

请各法侣，深思熟虑，生死循业，如蚕自缚；
贪念不休，烦恼益苦，欲除此患，布施为首；
净参三学，坚持四念，一旦豁然，方知露电；
悟证真空，万法一体，无生有生，是波是水。

（注：三学就是戒、定、慧；四念则是观身不争、观受是苦、观心无常、观法无我。）

虚云和尚是有实修实证的修行者，他的生平和法语可以参考《虚云和尚年谱》《虚云和尚法汇》，他修行的过程令人十分感动，但是还原到他的遗偈，也只是寥寥几句，寻常话语，细细参究，则又是苦婆心，悟道究竟。

弘一法师是民国以来文学最丰美的和尚，他生于清光绪六年（一八八〇年）九月二十日，一九四二年十月十三日在泉州安详圆寂，世寿六十三岁。弘一法师俗名李叔同，早年是绝代才子，举凡文章、诗词、音乐、篆刻、美术、书法、戏剧，无不精通，卓然成家。他中年出家，修习南山律宗，重振戒律，对近代中国影响极大。弘一法师生平著作极丰，死后，后人著作有《弘一大师年谱》《弘一大师传》《弘一大师演讲集》等等，可见到其生平之一斑。

弘一大师以文采名世，所以他的遗偈也特别精彩，他生平写的最后四个字是"悲欣交集"，读弘一大师的年谱到这四个字时，真令人有悲欣交集之感。

弘一是在九月四日示寂，圆寂前预知时至，写了遗书和遗偈给他的生平至友夏丏尊和弟子刘质平告别。

他的遗偈非常典雅优美：

君子之交，其淡如水，执象而求，咫尺千里。
问余何适？廓而忘言，华枝春满，天心月圆。

我们读这首偈到"华枝春满，天心月圆"时，想到弘一大师的生平波涛，颇能把握到他人格与风格的精华所在。除了这首有名的偈，弘一大师晚年所书的偈语多有诀别之意，清明如云，这里且录两首。第一首是有人送他一枝红菊花，他有感而写下"红菊花偈"：

亭亭菊一枝，高标矗晚节。

云何色殷红？殉教应流血。

另一首是写给门人的"律偈"，弘一是律宗传人，这首偈中可以看出他毕生持律的心得，他写道：

名誉及利养，愚人所爱乐。

能损害善法，如剑斩人头。

## 印光与太虚

与虚云、弘一同为民初高僧的印光大师，是佛教净土宗的第十三代祖师，他生于清朝咸丰末年（一八六一年），一九四〇年十一月四日往生，世寿八十岁。

印光大师一生专弘净土法门，使得净土修持到民国以后得以发扬光大，他在生前居住的房子里有一佛堂，并不供佛像，只用毛笔在墙上写一个大字"死"，告诉门人学佛要天天都为生死而学，念佛要日日为生死而念，置之死地而后生，才能有所成就。

他生平甚少讲经说法，而以尺牍文章弘扬佛法，留有《印光法师文钞》《印光大师嘉言录》等书。

印光法师往生的当天凌晨一时三十分，对弟子说了一首偈：

　　　念佛见佛，决定生西。

到凌晨二时十五分，由床上站起来洗手，对弟子说："蒙阿弥陀佛接引，我要去了。大家要念佛，要发愿，要生西方！"说完后，面向西方而坐，念佛。

凌晨三点，他对弟子妙真和尚说了最后法语：

　　　要维持净土，弘扬净土，勿学大派头！

一直念佛到凌晨五时，安详西逝。

我们看印光大师的遗言，虽不具有偈的形式，但却栩栩如生地映现了净土一代宗师的言容语气，这种直截了当的话语风格，也和净土宗追求了生脱死的明白义理相互呼应，说穿了就是：念佛！念佛！念佛！

民国初年另外一位大师是太虚和尚，太虚大师是民国中国佛教的集大成者，他对天台、贤首、禅宗、净土各宗都有涉猎，并长于融贯统摄，自成一家之言，著作极丰。太虚大师对中国佛教的发展有重大影响，他提倡"人生佛教"，革新佛教的教理、教义、教制，他并认为佛教徒应见政教之关系，他东游日本、弘法欧美、访问南洋，派弟子前往佛教国家留学，促成了中国佛教的国际化趋势。

由于太虚大师对政治、社会、人生、建僧的参与，成败互见，因此毁誉参半，不像虚云、弘一、印光三位大师得到一致的敬仰，但他的影响极大，列为民初四大高僧应该是没有疑义的。

太虚大师生于清朝光绪十五年（一八八九年）十二月十八日，于一九四七年三月十二日中风舍报，世寿五十九岁。

太虚大师过世前五天，为玉佛寺的震华法师对龛，心极哀恸，写了一首偈，这首偈成为他的最后遗墨，也可以算是自己的遗偈了。因为他写完此偈就中风，五天后去世，偈云：

> 诸法刹那生，诸法刹那灭；
> 刹那生灭中，无生亦无灭。

其实，在这一年春天，他写过两首诗偈，就隐隐然有遗偈的味道了，一首是他回到一别十年的雪窦寺，不胜兴奋之感，写了《重归雪窦》：

> 妙高欣已旧观复，飞雪依然寒色侵；
> 寺破亭空古碑在，十年陈梦劫灰寻！

另一首为《奉獎老》：

> 吃亏自己便宜人，矍铄精神七四身；
> 勤朴一生禅诵力，脱然潇洒出凡尘。

## 圆满自在，生死无碍

我们读了民初高僧的诗偈，颇能感受到遗偈所表达的精神，而在中国佛教史上，精彩的遗偈更是难以胜数。我在这里依年代选录十首动人的遗偈，或可窥见禅师与禅偈的风貌。

一、晋朝僧肇遗偈：

　　四大非我有，五蕴本来空；
　　掉头挨白刃，恰似斩春风。

二、唐朝大同遗偈：

　　四大动作，聚散常程；
　　汝等勿虑，君自在行。

三、宋朝宏智遗偈：

　　梦幻空花，六十七年；
　　白鸟烟没，秋水天连。

四、宋朝行端遗偈：

本无生灭，焉有去来；
冰河发焰，铁树华开。

五、宋朝法远遗偈：

来时无物去亦无，譬似浮云过太虚；
抛下一条皮袋骨，还如霜雪入洪炉。

六、宋朝楚石遗偈：

真性圆明，本无生灭；
木马夜鸣，西山日出。

七、宋朝一宁遗偈：

横行一世，佛祖吞气；
箭已离弦，虚空坠地。

八、元朝宗衍遗偈：

雨落天垂泪，雷鸣地举哀；
西方诸佛子，同拥马车来。

九、明朝了改遗偈：

　　行年八十七，相违在今夕；
　　撒手威音前，金鸟叫天碧。

十、明朝了元遗偈：

　　觌面绝商量，独露金刚王；
　　若问安心处，刀山是道场。

　　到这里，我们稍能贴近遗偈的共同风格，就是简明扼要，纯真而不矫饰，虽是寥寥几句，却是一生行持的提炼，真了生死的看法，对我们学佛的人来说，使我们可以把自己提拔到高处，来回观整个人生。

　　若以诗的立场来看，遗偈不尽合于诗律，同时，这种形式也并不难写，问题是在于，能在临终之前说出或写出遗偈，至少应具备三个条件，一是必须预知时至，在从容之中圆寂，否则匆忙暴毙，何偈之有？二是必须最后一刻仍然灵台清明，意念不乱，否则昏迷病榻，偈从何来？三是必须长久修持，能自流露，否则临终胡言乱语，能遗下什么对人心有益的偈呢？

　　当我们看到这些简明易晓的遗偈，不应该小看，像"华枝春满，天心月圆"固然是优美而动人，"无来亦无去，没有什么事"又何尝不使我们有悟道之慨呢？历代高僧大德所追求的，也无非就是前者的圆满和后者的自在罢了！

要达到圆满自在，生死无碍的境地，唯一的道路正是虚云和尚的遗偈：

　　勤修戒定慧，
　　息灭贪嗔痴。

一九八六年十一月十日

# 飞鸽的早晨

哥哥在山上做了一个捕鸟的网，带他去看有没有鸟入网。

他们沿着散满鹅卵石的河床走，那时正是月桃花开放的春天，一路上月桃花微微的乳香穿过粗野的山林草气，随着温暖的风在河床上流荡。随后，他们穿过一些人迹罕至的山径，进入生长着野相思林的山间。

在路上的时候，哥哥自豪地对他说："我的那面鸟网子，飞行的鸟很难看见，在有雾的时候逆着阳光就完全看不见了。"

看到网时，他完全相信了哥哥的话。

那面鸟网布在山顶的斜坡，形状很像学校排球场上的网，狭长形的，大约有十米那么长，两旁的网线系在两棵相思树干上，不仔细看，真是看不见那面网。但网上的东西却是很真切地在扭动着，哥哥在坡下就大叫："捉到了！捉到了！"然后很快地奔上山坡，他拼命跑，尾随着哥哥。

跑到网前，他们一边喘着大气，才看清哥哥今天的收获不少，网住了一只鸽子、三只麻雀，它们的脖颈全被网子牢牢扣死，却还拼命地在挣扎，"这网子是愈扭动扣得愈紧。"哥哥得意地说，把两只麻雀解下来交给他，他一手握一只麻雀，感觉到麻雀高热的体温，麻雀嘣嘣慌张的心跳，也从他手心传了过来，他忍不住同情地注视刚从网子解下的麻雀，它们正用力地呼吸着，发出像人一样的咻咻之声。

咻咻之声在教堂里流动，他和同学大气也不敢喘，静静地看着老师。

老师正靠在黑板上，用历史课本掩面哭泣。

他们那一堂历史课正讲到南京大屠杀，老师说到日本兵久攻南京城不下，后来进城了，每个兵都执一把明晃晃的武士刀，从东门杀到西门，从街头砍到巷尾，最后发现这样太麻烦了，就把南京的老百姓集合起来挖壕沟，挖好了跪在壕沟边，日本兵一刀一个，刀落头滚，人顺势前倾栽进沟里，最后用新翻的土掩埋起来。

"民国二十六年十二月十三日，你们必须记住这一天，日本兵进入南京城，烧杀奸淫，我们中国老百姓，包括妇女和小孩子，被惨杀而死的超过三十万人……"老师说着，他们全身的毛细孔都张开，轻微地颤抖着。

说到这里，老师叹息一声说："在那个时代，能一刀而死的人已经是最幸运了。"

老师合起历史课本，说她有一些亲戚住在南京，抗战胜利后，她到南京去寻找亲戚的下落，十几个亲戚竟已骸骨无存，好像从来没有在这个世界存在过，她在南京城走着，竟因绝望的悲痛而昏死过去……

老师的眼中升起一层雾，雾先凝成水珠滑落，最后竟掩面哭了出来。

老师的泪，使他们仿佛也随老师到了那伤心之城。他温柔而又忧伤地注视这位他最敬爱的历史老师，老师挽了一个发髻，露出光洁美丽饱满的额头，她穿了一袭蓝得像天空一样的蓝旗袍，肌肤清澄如玉，在她落泪时是那样凄楚，又是那样美。

老师是他那时候的老师里唯一来自北方的人，说起国语来水波灵动，像小溪流过竹边，他常坐着听老师讲课而忘失了课里的内容，就像听见风铃叮叮摇曳。她是那样秀雅，很难让人联想到那烽火悲歌的时代，但那是真实的呀！最美丽的中国人也从炮火里走过！

说不出为什么，他和老师一样心酸，眼泪也落了下来，这时，他才听见同学们都在哭泣的声音。

老师哭了一阵，站起来，细步急走地出了教室，他望出窗口，看见老师从校园中两株相思树穿过去，蓝色的背影在相思树中隐没。


哥哥带他穿过一片浓密的相思林，拨开几丛野芒花。

他才看见隐没在相思林中用铁丝网围成的大笼子，里面关了十几只鸽子，还有斑鸠、麻雀、白头翁、青笛儿，一些吱吱喳喳的小鸟。

哥哥讨好地说："这笼子是我自己做的，你看，做得不错吧？"他点点头，哥哥把笼门拉开，将新捕到的鸽子和麻雀丢了进去。他到那时才知道，为什么哥哥一放学就往山上跑。

哥哥大他两岁，不过在他眼中，读初中一年级的哥哥已像个大人。平常，哥哥是不屑和他出游的，这一次能带他上山，是因为两星期前他们曾打了一架，他立志不与哥哥说话，一直到那天哥哥说愿意带他到山上捕鸟，他才让了步。

"为什么不把捕到的鸟带回家呢？"他问。

"不行的，"哥哥说，"带回家会挨打，只好养在山上。"

哥哥告诉他，把这些鸟养在山上，有时候带同学到山上烧烤小鸟吃，真是人间的美味。在那样物质匮乏的年代，烤小鸟对乡下孩子确实有很大的诱惑。

他也记得，哥哥第一次带两只捕到的鸽子回家烧烤，被父亲毒打的情景，那是因为鸽子的脚上系着两个脚环，父亲看到脚环时大为震怒，以为哥哥是偷的。父亲一边用藤条抽打哥哥，一边大声吼叫："我做牛做马把你们养大，你却去偷人家的鸽子杀来吃！"

"我做牛做马把你们养大，你却……"这是父亲的口头禅，每次他们犯了错，父亲总是这样生气地说。

做牛做马，对这一点，他记忆中的父亲确实是牛马一样日夜忙碌的，并且他也知道父亲的青少年时代过得比牛马都不如，他的父亲，是从一个恐怖的时代存活过来的。父亲的故事，他从年幼就常听父亲提起。

父亲生在日据时代的晚期，十四岁时就被以"少年队"的名义调到左营桃子园做苦工，每天凌晨四点开始工作到天黑，做最粗鄙的工作。十七岁，他被迫加入"台湾总督府勤行报国青年队"，被征调到雾社，及更深山的"富士社"去开山，许多人掉到山谷死去了，许多人体力不支死去了，还有许多是在精神折磨里无声无息地死去了，和他同去的中队有一百多人，活着回来的只有十一个。

他小学一年级第一次看父亲落泪，是父亲说到在"勤行报国青年队"时每天都吃不饱，只好在深夜跑到马槽，去偷队长喂马的饲料，却不幸被逮住了，差一点活活被打死。父亲说："那时候，日本队长的白马所吃的粮，比我们吃得还好，那时我们台湾人真是牛马不如呀！"说着，眼就红了。

二十岁，父亲被调去"海军陆战队"，转战太平洋，后来深入中国大陆，那时日本资源不足，据父亲说最后的两年过的是鬼也不如，怪不得日本鬼子后来会恶性大发。父亲在求生不能求死不得的战火中过了五年，最后日本投降，他也随日本军队投降了。

父亲被以"日籍台湾兵"的身份遣送回台湾，与父亲同期被征调的台湾籍日本兵有二百多人，活着回到家乡的只有七个。

"那样深的仇恨，都能不计较，真是了不起的事呀！"父亲感慨地对他们说。


那样深的仇恨，怎样去原谅呢？

这是他幼年时代最好奇的一段，后来他美丽的历史老师，在课堂上用一种庄严明彻的声音，一字一字朗诵了那一段历史：

"我中国同胞们须知'不念旧恶'及'与人为善'为我民族传统至高至贵之德行。我们一贯声言，我们只认日本黩武的军阀为敌，不以日本的人民为敌。今天敌军已被我们盟邦共同打倒了，我们当然要严密责成他忠实执行所有的投降条款。但是，我们并不要报复，更不可对敌国无辜人民加以污辱。我们只有对他们为他的纳粹军阀所愚弄所驱迫而表示怜悯，使他们能自拔于错误与罪恶。要知道，如果以暴行答复敌人以前的暴行，以污辱来答复他从前错误的优越感，则冤冤相报，永无终止，绝不是我们仁义之师的目的。"

听完那一段，他虽不能真切明白其中的含意，却能感觉到字里行间那种宽广博大的悲悯，尤其是最后"仁义之师"四个字使他的心头大为震动。在这种震动里面，课室间流动的就是那悲悯的空气，庄严而不带有一丝杂质。

老师朗读完后，轻轻地说："那时候，全国都弥漫着仇恨与报复的情绪，虽然说被艰苦得来的胜利所掩盖，但如果没有蒋介石在重庆的这段宣言表明政府的态度，留在中国的日本人就不可收拾了。"

老师还说，战争是非常不幸的，只有亲历战争悲惨的人，才知道胜利与失败同样的不幸。我们中国人被压迫、被惨杀、被蹂躏，但如果没有记取这些，而用来报复给别人，那最后的胜利就更不幸了。

记得在上那抗战的最后一课，老师已洗清了她刚开始讲抗战的忧伤，而是那么明净，仿佛是卢沟桥新雕的狮子，周身浴在一层透明的光中。那是多么优美的画面，他当时看见老师的表情，就如同供在家里佛案上的白瓷观音。

他和哥哥打架时，深切知道宽容仇恨是很困难的，何况是千万人的被屠杀？可是在那些被仇恨者中，有他最敬爱的父亲，他就觉得那对侵略者的宽容是多么伟大而值得感恩。

老师后来给他们说了一个故事，是他永远不能忘记的：

有一只幼小的鸽子，被饥饿的老鹰追逐，飞入林中，这时一位高僧正在林中静坐。鸽子飞入高僧的怀中，向他求救。高僧抱着鸽子，对老鹰说："请你不要吃这只小鸽子吧！"

"我不吃这只鸽子就会饿死了，你慈悲这鸽子的生命，为什么不能爱惜我的生命呢？"老鹰说。

"这样好了，看这鸽子有多重，我用身上的肉给你吃，来换取它的生命，好吗？"

老鹰答应了高僧的建议。

高僧将鸽子放在天平的一端，然后从自己身上割取同等大的肉放在另一端，但是天平并没有平衡。说也奇怪，不论高僧割下多少肉，都没有一只幼小的鸽子重，直到他把股肉臂肉全割尽，小鸽站立的天平竟没有移动分毫。

最后，高僧只好竭尽仅存的一口气将整个自己投在天平的一端，天平才算平衡了。

老师给这个故事做了这样的结论："生命是不可取代的，不管生命用什么面目呈现，都有不可取代的价值，老鹰与鸽子的生命不可取代，侵略者与被侵略者也是一样的，为了救鸽子而杀老鹰是不公平的，但天下有什么绝对公平的事呢？"

说完后，老师抬头看着远方的天空，蓝天和老师的蓝旗袍一样澄明无染，他的心灵仿佛也受到清洗，感受到慈悲有壮大的力量，可以包容这个世界，人虽然渺小，但只要有慈悲的胸怀，也能够像蓝天与虚空一般庄严澄澈，照亮世界。

上完课，老师踩着阳光的温暖走入相思树间，惊起了在枝丫中的麻雀。

黄昏时分，他忧心地坐在窗口，看急着归巢的麻雀零落地飞过。

他的忧心，是因为哥哥第二天要和同学到山上去开烧鸟大会，特别邀请了他。他突然想念起那一群被关在山上铁笼里的鸟雀，想起故事里飞入高僧怀中的那只小鸽子，想起有一次他和同学正在教室里狙杀飞舞的苍蝇，老师看见了说："别打呀！你们没看见那些苍蝇正在搓手搓脚地讨饶吗？"

明天要不要去赴哥哥的约会呢？

去呢，不去呢？

清晨，他起了个绝早。

在阳光尚未升起的时候，他就从被窝钻了出来，摸黑沿着小径上山，一路上听见鸟雀们正在醒转的声音，在那些喃喃细语的鸟鸣声中，他仿佛听见了每天清晨上学时母亲对他的叮咛。在这个纷乱的世间，不论是亲人、仇敌、宿怨，乃至畜生、鸟雀，都是一样疼爱着自己的儿女吧！

跌了好几跤，他才找到哥哥架网的地方，有几只早起的麻雀已落在网里，做最后的挣扎，他走上去，一一解开它们的束缚，看着麻雀如箭一般惊慌地腾飞上空中。

他钻进哥哥隐藏铁笼的林中，拉开了铁丝网的门，鸟群惊疑地注视着他，轻轻扑动翅翼，他把它们赶出笼子，也许是关得太久了，那些鸟在笼门口迟疑一下，才振翅飞起。

尤其是几只鸽子，站在门口半天还不肯走，他用双手赶着它们说："飞呀！飞呀！"鸽子转着墨圆明亮的眼珠，骨溜溜地看着他，试探地拍拍翅，咕咕！咕咕！咕咕！叫了几声，才以一种优美无比的姿势冲向空中，在他的头上盘桓了两圈，才往北方的蓝天飞去。

在鸽子的咕咕声中，他恍若听见了感恩的情意，于是，他静静地看着鸽子的灰影完全消失在空中，这时候第一道晨曦才从东方的山头照射过来，大地整个醒转，满山的鸟鸣与蝉声从四面八方演奏出来，好像这是多么值得欢腾的庆典。他感觉到心潮汹涌澎湃，他第一次知道自己的心那样清和柔软，像春天里初初抽芽的绒绒草地，随着他放出的高飞远扬的鸽子、麻雀、白头翁、斑鸠、青笛儿，他听见了自己心灵深处一种不能言说的慈悲的消息，在整个大地里萌动涌现。

看着苏醒的大地，看着流动的早云，看着光明无限的天空，看着满天清朗的金橙色霞光，他的视线逐渐模糊了，才发现自己的眼中饱孕将落未落的泪水，心底的美丽一如晨曦照耀的露水，充满了感恩的喜悦。

一九八六年十月三十一日

# 博爱与大悲

"国父"孙中山先生的字写得工整朴厚，常常有人向他求字，他最常写给别人的字是"博爱"。如果写长一点的，他就写"礼运大同篇"。我们从这简单的事例中，可以知道在"国父"的内心深处，对博爱，乃至于由博爱而进入世界大同，是充满着期待的。他常说"自由、平等、博爱"，但为什么下笔的时候总写"博爱"，不写"自由平等"呢？

我想，"国父"写"博爱"可以从两方面来看，一方面是博爱比平等更难，因为自由平等是人人都会争的，是自利的，而博爱却是纯利他的，利他当然比自利难一些，所以须要鼓吹。一方面则是"国父"的革命是以博爱为出发点，是为了拯救百姓出苦而革命的，革命事业虽不免轰轰烈烈流血流汗，但他希望党人不要忘记革命的初衷——博爱。他的革命不是只要创建民国，也要革心，他生前常说："罪恶性，和一切不仁不义的事，都应革除。"就是这个道理，他也常说："人生以服务为目的。"

革除了一切不仁不义，剩下的就是仁义，"仁义"在本质上是很接近博爱的，韩愈在《原道》里就说："博爱之谓仁，行而宜之谓义。"那么，"国父"所领导的革命军，可以说是仁义之师，而他所努力的革命事业可以说是博爱的事业。

"博爱"虽然很像儒家的"仁"，如果我们进一步地说，它和佛家所说的"大悲"更接近，因为，"仁"在感觉上有上下之分，是人站在高处来仁民爱物，博爱或大悲则是同体的，站在一个平等的位置，来爱惜、来护念、来付出对众生的又深又广的情感。大悲是佛家菩萨行中最重要的菩提之心，是最根本最伟大的同情，也是最高超最庄严的志向，用"国父"的话来说是"博爱"，用菩萨的话来说就是"大悲"。我们今天回顾当时的革命事业，套用现代用语，那时候的革命党人可以说是"霹雳菩萨"。

革命党的霹雳菩萨是如何组成的呢？事实上，是"国父"深切知道专制、落后、贫穷的老百姓之苦，立下一个博爱的悲愿，希望把中国人从晚清日渐深陷的泥坑中解救出来，这种悲愿与菩萨体会一切有情众生的痛苦而济拔之，是没有什么不同的。世亲菩萨说："菩萨见诸众生，无明造业，长夜受苦，舍离正法，迷于出路。为是等故，发大慈悲，志求阿耨多罗三藐三菩提，如救头然。一切众生有苦恼者，我当拔济，令无有余。"在《华严经》里更进一步阐释一切的菩萨行都是枝干花叶，唯有大慈悲心才是根本。那么我们看"国父"的博爱，何尝不可以说一切的革命事业都是枝干花叶，唯有博爱才是标本呢？因为如果不是彻底地求博爱，就不会有那么多人抛头颅、洒热血，百折不回了。

事实上，民国以来的佛教界，也把"国父"孙中山当作是菩萨来尊崇的，"国父"是基督徒，但并不因而减损他慈爱的菩萨本质。在他生前有一桩和观音结缘的事迹鲜为人知，因为谈到了"博爱"与"大悲"，使我想到这个故事。

民国五年八月二十五日，"国父"率领党人胡汉民、郑家彦、朱卓文、周佩箴、陈去病等人，同游浙江普陀山，去往佛顶山的慧济寺时，"国父"独自看到许多僧侣合十欢迎他，并且有宝幡随风招展，还有一座伟丽的牌楼，令他看了惊奇不已。因为景象明晰持久，"国父"一直到进了慧济寺，才问同游的人有没有看见那奇异的景象，结果却无人看见。他后来把亲见的异象告诉方丈了余和尚，了余请他留个纪念，"国父"就在寺里写了一篇短文《游普陀志奇》，对于他到普陀山的经历有详细的记载，原文是这样子的：

> 余因察看象山，舟山军港，顺道趣游普陀山，同
> 行者为胡君汉民，郑君孟硕，周君佩箴，朱君卓文，及
> 浙江民政厅秘书陈君去病，所乘建康舰舰长则任君光宇
> 也，抵普陀山朝阳已斜，相率登岸。逢北京法源寺沙门
> 道阶，引至普济寺小住，由寺主人了余唤徇将出行，一
> 路灵岩怪石，疏林平沙，若络绎迓送于道者。迂回升降
> 者久之，已登临佛顶山天灯台。凭高放览，独迟迟徘
> 徊。已而旋赴慧济寺，才一遥瞩，奇观现矣！则见寺前
> 恍矗立一伟丽之牌楼，仙葩细绵，宝幡舞风，而奇僧数
> 十，窥厥状似乎来迎客者。殊讶其仪观之盛，备举之
> 捷！转行益了然，见其中有一个大圆轮，盘旋极速。莫

识其成以何质，运以何力！方感想间，忽杳然无迹，则已过去处矣。既入慧济寺，及询之同游者，均无所观，遂诧以为奇不已。余脑藏中素无神异思想，竟不知是何灵境，然当环眺乎佛顶台时，俯仰间大有宇宙在乎手之慨，而空碧涛白，烟螺数点，觉生平所经，无似比清胜者。耳听潮音，心涵海印，身境澄然如影，亦既形化而意消。呜呼！此神明之所以内通。已下佛顶山，经法雨寺，钟声铿声中，急向梵音洞而驰。暮色沉沉，乃归至普济寺晚餐，了余道阶，精宣佛理，与之谈，令人悠然意远矣。民国五年八月二十五日孙文志。

当时，随"国父"一起游普陀山的郑孟硕（又名家彦），也曾为文记述这段经过：

　　普陀山者，南海胜地也，山水清幽，草木茂盛，游其间盖飘然有逸世独立之想。至若蜃楼海市，圣灵物异，传闻不一而足，目睹者又言之凿凿。国父是日乘舆先行，次则汉民，又次则家彦、卓文、佩箴、去病，以及舰长任光宇。去观音堂（即佛顶山之慧济寺）里许，抵一丛林，国父忽瞥见若干僧侣，合十欢迎状，空中定幡，随风招展，隐然簇拥，尊神在后，国父凝眸注视，则一切空幻，了无迹象；国父甚惊异之，比至观音堂，国父依次问随行者曰："君等倘亦见众僧集丛林中作道场乎？其上定幡飘扬，酷似是堂所高悬者。"国父口讲指

授，目炯炯然，顾盼不少辍。同人咸瞠目结舌，不知所
对。少顷，汉民等相戒勿宣扬，恐贻口实。嗣是遂亦毋
敢轻议其事者。

"国父"亲笔写的《游普陀志奇》墨宝后来存于普济寺客堂，
不久前圆寂的煮云法师在普陀山普济寺任知客时，就曾保管过这
幅墨宝，后来又刻石于普陀寺庙的壁间，作为永久的纪念。只不
知道大陆岁月沧桑，"国父"的手迹还安在否？

南海普陀山是中国四大名山，相传是大慈大悲观世音菩萨的
道场，"国父"去游山，菩萨亲来迎接，可见他们在精神和悲愿
上有共通的地方，这共通就是"博爱"与"大悲"。

后来，"国父"曾说："佛教乃救世之仁，佛学是哲学之母。"
"宗教是造成民族，和维持民族之一种最雄大之自然力，人民
不可无宗教思想。""研究佛学可补科学之偏。"可见得，从"救
世之仁"的观点，"国父"是最肯定佛教的，救世之仁不是别的，
正是博爱！

一个人要救世，没有别的方法，就是培养对众生的博爱，唯
有真正博爱的人才能彻底的无我，唯有无我的人说到牺牲，才能
真牺牲；说到救世，才能真救世。因为无我的博爱，就能舍掉名
利乃至身家性命，为救世的誓愿和利他的本怀奋斗到底。我们今
天回思"国父"革命时的理想与抱负，许多仁人志士不惜性命的
情景，就更能深刻感受到博爱的力量。

《华严经》中说：

菩萨摩诃萨，入一切法平等性故，不于众生而起一念非亲友想。

但以菩萨大愿甲胄而自庄严，救护众生，互无退转。

菩萨如是爱苦毒时，转更精勤，不舍不避、不惊不怖、不退不怯，无有疲厌。何以故？如其所愿，决欲负荷一切众生令解脱故。


这就是大悲！也就是博爱！

在今天，自由、平等的理想都逐渐地在达成了，可是"国父"生前最常写的"博爱"呢？想起来是不是令我们十分惶恐？

"自由、平等、博爱"是法国大革命的目标，但作为孙中山先生的信徒，我宁可用菩萨的、中国的、更深刻的层次来看"博爱"。


一九八六年十一月十二日

# 佛　贵

近代大画家吴昌硕，晚年时已成为闻名国际的画家，来求画的人日益增多，他原来对润笔并不计较，也常用润金来周济亲友、参与善事，可是为了使那些贪小便宜的人知难而退，在七十六岁那一年高揭笔榜，订出了润笔的价格。

他订出的价格是："刻印，每字四两。题诗或跋，每件三十两。扇册页，每件四两。书画无论横直幅，三尺十四两，四尺十八两，五尺廿四两，六尺卅二两。"

以上是花卉的价钱，吴昌硕在润笔单后加注："山水，视花卉例加三倍。点景加半。"

原因是山水画起来比花卉更费功夫。然而，他还有一个不成文的规定，凡是画佛像，润洋比山水加倍，而且如果不是至亲好友规定，吴昌硕尽量避免画佛，他自己的说法是："因写佛不能如花卉之头头是道也。"

为了把佛像画好，不但要加磨墨费两钱银子，而且要对方多准备纸，以便画坏的时候重画。

可见得吴昌硕在画佛的时候，心情多么慎重，只是他说的"因写佛不能如花卉之头头是道也"，似乎有待商榷。当然，吴昌硕画佛是从文人笔意出发，与一般宗教绘画有很大的不同，可以说是无规矩可循，他也不愿去寻固定的规矩，所以感到画佛极难，他把佛像润笔订的价格外高，想是要吓退那些求佛像的人。

我曾看过一些吴昌硕所绘的佛像，他几乎很少从正面来画佛，而是从侧面和背面为多，并且他笔下的佛不像佛，而像罗汉，这有可能是故意的，为什么故意把佛像画成这样子呢？

近代的美术评论家都说吴昌硕是胸中有"奇"意的画家，他即使画平常事物都要追求奇意，何况是佛像呢？

吴昌硕与齐白石、傅抱石，被称喻为中国近代美术"伟大的三石"，现代艺术评论家谢里法曾以简短的评语来评断"三石"之间的不同："若把吴昌硕视为是块山谷中的奇岩，那么齐白石就是家居脚边的一颗卵石，而傅抱石则成为溪间水湿淋淋的岩壁了。""从吴昌硕作画的题材，可看出一个文人画家的视野。在他的画里，看在他眼里的都画出来了，但仍然要遗落不少东西，那些遗落了的，都是与奇岩不能相配的，因而是无法入画的。"

从这个角度来看，吴昌硕把佛画成罗汉，而且常取远景与侧面是可以理解的，因为他追求的正是个"奇"字。


## 三地二相，相相是圆满

但是，他说"写佛不能头头是道"，则是个错误的观念。

佛的精神、慈悲、内涵、气韵固然非常难以表达，但佛的形相却有一定的格局，和菩萨、罗汉都有很大的不同。佛的形相是怎样的呢？佛教徒时常挂在嘴上说："佛有三十二相，八十随形好。"却很少人能清楚地说出到底是哪三十二相，哪八十种好？

我们现在就来看佛的三十二相，佛的三十二种好相记载在许多经典上，字词稍有出入，意义都是一样的，可能是翻译的差别，我们现在就依《无量义经》来看佛的三十二相：

一、毫相如月旋。（毫，即毛）二、净眼如明镜。三、唇红。四、额广。五、狮子臆。（身结实如狮子）六、掌有合缦。七、指直而纤。八、马阴藏。（男根如马阴，藏于腹中）九、顶有日光。十、上下眴。（目明而柔顺）十一、舌赤好如丹果。十二、鼻修。（修即修长）十三、手足柔软。十四、内外相握。十五、皮肤细软。十六、细筋。十七、旋发绀青。（绀，深青扬赤色）十八、眉睫绀而展。十九、白齿。二十、面门开。二十一、具千辐轮。二十二、臂修。二十三、毛右旋。二十四、锁骨。（不露骨）二十五、顶有肉髻。二十六、方口颊。二十七、四十齿。二十八、胸表卍字。（胸有卍字）二十九、腋满。三十、肘长。三十一、踝膝露现。三十二、鹿腨肠。（腰腹像鹿）

这三十二相，有些部分可能难以明白，等我们看到八十随形好时就能了然了。有的经典中记载的不尽相同，比较值得注意的不同像"身金色。身纵广。咽中津液得上味。广长舌。梵音深远。眉间白毫"等等。

本来，在印度，三十二相不限于佛，而是说具有这种相的人在家为轮王，出家则开无上觉，如果能同时具有几相也就是有福报的人了。这是印度人传统的相法，看来有许多和中国相像，倒是非常有趣的巧合，然而我们可以说："全世界的相法都十分接近，这些好相都不是自然生成，而是历经无始劫的修行而成，到成佛的时候，一定具有这三十二相，相相圆满无缺。"

可见佛像不是渺不可知，确是"头头是道"。


## 八十随形好，种种庄严


"八十随形好"，是说随着三十二相而产生的好，也是更细地分出佛的庄严之美，所以又称为"八十种好"。关于佛的八十种好，出自《法界次第》和《大乘义章》，对于佛的容颜有更细致的记载。

现在我们就来看佛的八十种好：

一、无见顶相。（佛顶上之内髻，仰之弥高，不见其顶）二、鼻高不见孔。三、眉如初月。四、耳轮垂埵。五、身坚实如那罗延。（那罗延，天上力士之名）六、骨际如钩锁。七、身一时回旋如象王。八、行时足去地四寸而现印文。九、爪如赤铜色，薄而润泽。十、膝骨坚而圆好。十一、身清洁。十二、身柔软。十三、身不曲。十四、指圆而纤细。十五、指纹藏覆。十六、脉深不现。十七、踝不现。十八、身润泽。十九、身自持不逶迤。二十、身满足。二十一、容仪备足。二十二、容仪满足。二十三、住处安无能动者。二十四、威震一切。二十五、一切众生见之而乐。二十六、面不长大。二十七、正容貌而色不挠。二十八、面具满足。二十九、唇如频婆果之色。三十、言音深远。三十一、脐深而圆好。三十二、毛右旋。三十三、手足满足。三十四、手足如意。三十五、手纹明直。三十六、手纹长。三十七、手纹不断。三十八、一切恶心之众生，见者和悦。三十九、面广而殊好。四十、面净满如月。四十一、随众生之意和悦与语。四十二、自毛孔出香气。四十三、自口出无上香。四十四、仪容如狮子。四十五、进止如象王。四十六、行相如鹅王。四十七、头如摩陀那果（即头圆）。四十八、一切之声分具足。四十九、四牙白利。五十、舌色赤。五十一、舌薄。五十二、毛红色。五十三、毛软净。五十四、眼广长。五十五、死门之相具。（心与顶恒温热之意，因圣人死时或心或顶数日皆温）五十六、手足赤白，如莲花之色。五十七、脐不出。五十八、腹不现。五十九、细腹。六十、身不倾动。六十一、身持重。六十二、其身大。六十三、身长。六十四、手足软净滑泽。六十五、四边之光长一丈。六十六、光照身而行。六十七、等视众生。六十八、不轻众生。六十九、随众生之音声，不增不减。七十、说法不着。（圆满而不执着之意）七十一、随众生之语言而说法。七十二、发音应众声。七十三、次第以因缘说法。七十四、一切众生观相不能尽。七十五、观不厌足。（欢喜见佛永不厌倦满足）七十六、发长好。七十七、发不乱。七十八、发旋好。七十九、发色如青珠。八十、手足为有德之相。

我们看佛的八十种好，有几个值得思考的问题，一是佛的诸相圆满，但不离世相，使我们可以从佛法来观察世法，如果有一个人能具有八十种好中的几好，则虽不中，亦不远矣，不会是什么巨奸大恶之人。

二是，用来形容佛的三十二相、八十种好的时候，时常以动物为譬喻，例如眼睫如牛王、腹如鹿王、回旋如象王、仪容如狮子、行相如鹅王、马阴藏等等，可见众生平等，各有如来德相，我们在佛的《本生经》里看到佛陀的宿命，知道旨陀无始劫来曾投生在六道之中救拔众生，他是从众生成佛道的，成道时自然具有众生的种种相好庄严。

三是，佛的相虽是庄严美好，是最理想化的外表，但这些外表是人格伟大的象征与呈现，如果我们以这些外相来求如来，就容易落于断见，不能体贴到佛陀真正的本怀。


## 如来，无所从来，亦无所去

这第三个问题尤其重要，在《金刚经》里就有一段佛陀与弟子须菩提的对话，谈到三十二相的问题。

佛言："须菩提，于意云何？可以三十二相观如来不？"（须菩提，你觉得可以用三十二相来观如来吗？）

须菩提言："如是如是，以三十二相观如来。"（是的是的，我觉得可以用三十二相观如来。）

佛言："须菩提，若以三十二相观如来者，转轮圣王，即是如来。"（如果能以三十二相观如来，那么转轮圣王，就是如来——因为，转轮圣王也有三十二相。）

须菩提白佛言："世尊，如我解佛所说义，不应以三十二相观如来。"（现在我心开意解，知道佛所说的真意，确实不应用三十二相来观如来。）

尔时，世尊而说偈言：

若以色见我，以音声求我；
是人行邪道，不能见如来。

（如果以外相来看我，以音声来祈求我，而不是以心来相应我的法身，这是人走向了邪道，不能见到真正的我呀！）

须菩提！汝若作是念：如来不以具足相故，和阿耨多罗三藐三菩提，须菩提！莫作是念，如来不以具足相故，得阿耨多罗三藐三菩提。汝若作是念，发阿耨多罗三藐三菩提心者，说诸法断灭相。莫作是念，何以故？发阿耨多罗三藐三菩提心者，于法不说断灭相。

佛陀在这里，对佛的外相做了一个重要的结论，这一段很难翻释，我还是试释如下：

"须菩提呀！你如果这样想：'如来不是因为诸相圆满具足的缘故，而证得无上正等正觉。'须菩提呀！你不要有这种念头，如来确实不是因为诸相圆满具足的缘故，而证得无上正等正觉。但是，你如果有这种念头，会使得发心求无上佛道的众生，认为诸法有断灭的外相。为什么不要有这种念头呢？因为发心求无上佛道的众生，在真实的法上是不说断灭相的。"

因此，当我们说佛有三十二相、八十随形好的时候，只是依方便说，依相来说，也就是，在外相上具有三十二相、八十种好并不表示是证得无上菩萨的如来，为什么呢？佛陀在《金刚经》中又说：

凡所有相，皆是虚妄，若见诸相非相，则见如来。
如来说三十二相，即是非相，是名三十二相。

这样说，理解起来可能有困难，我们举个最简单的例子，像印度、尼泊尔的佛像，和中国的佛像都是三十二相，却多少有差异，和日本、泰国的佛像也不同，到底哪一尊才是真的如来呢？再例如，密宗有一尊"不动明王"，是大日如来佛为降伏一切恶魔而显现出的相，他背负火焰，七结发辫垂在左方，上下牙齿表出，现愤怒威猛之相，那么，他是不是如来呢？

可见如来不在外相，而在心行。

像我们熟悉的弥勒佛，不是常被塑成笑眯眯的、肚腹挺出的样子吗？这就不是三十二相。但也有寺庙供奉披璎珞、戴宝冠的弥勒菩萨。又有塑成三十二相具足的弥勒如来像。却从来没有人觉得有何不妥，所以说"凡所有相，皆是虚妄"。心中若有如来，见佛像就是如来！

此所以在《金刚经》里佛陀说：

如来者，无所从来，亦无所去，故名如来。

## 玛丽亚观音与佛的面目

如来无定相可循，菩萨也是如此，观世音菩萨就是最典型的例子，他有种种的变身，这些变身有许多不是依经轨而来，像白衣观音、杨柳观音、水月观音、鱼篮观音、十一面观音、不空罗索观音、千手观音、如意轮观音、马头观音、准提观音、四臂观音等等，这是指正统佛教的观音像而言，至于民间信仰中的观音，实际上应化救人而化出的观音像更是难以胜数呀！

最有意思的是，在日本有一尊观音菩萨叫作"玛丽亚观音"，这尊菩萨像是因为日本江户时代，禁止天主教的传教，逮捕了许多天主教徒，天主教徒为了避免被抓，就把天主教的圣母玛丽亚塑成观世音菩萨的样子来供奉，这尊像安定了当时天主教徒的心灵，并且有许多感应。到现在，日本还有人拜"玛丽亚观音"，有的是天主教徒，有的是佛教徒，在天主教的心中，他是圣母玛丽亚，在佛教徒的心中，他是不折不扣的观世音菩萨。

我们不能牵强地说，玛丽亚是观世音菩萨，或说玛丽亚有可能是观音的化身之一，但是，从"玛丽亚观音"，我们却应该知道菩萨应化世间，实在不是我们凡夫所能测其万一。

重要的不是我们应如何去祈求菩萨，以色去见，以音声去求都是虚妄，重要的是要如何回到我们的内心，让我们心中有如来，有菩萨，有一天，当我们与诸菩萨的法身相应的时候，我们才能贴近《金刚经》中最动人的一段经文：

诸菩萨摩诃萨，应如是生清净心，不应住色生心，
不应住声香味触法生心，应无所住而生其心。


　　日本的禅学大师铃木大拙，在他佛堂的案上，供了一尊释迦如来佛，是印度的古董。由于时间的关系，那尊佛像全身都成了黑色，面目早就模糊了，甚至分不清他的眼耳鼻口等五官。有一次，铃木先生的一位学生起了疑情，问他说："老师，您为什么不供奉一尊新佛像呢？这尊佛像已经没有面目了呀！"

　　铃木大拙没有回答他的话，反问他说："你认为佛应该有什么面目呢？如果你真正进入佛的门槛，就知道佛并没有一定的面目了。"

　　铃木大拙可以说道出了佛的实相，而三十二相、八十随形好只是我们凡夫看佛的一个角度而已。

　　这样看来，吴昌硕说"写佛不能如花卉之头头是道"，似乎也没有什么错了。


一九八六年十二月一日

# 学看花

现代通家南怀瑾居士，有一次谈到他少年时代，一心想学剑的故事。

他听说杭州西湖城隍山有一个道人是剑仙，就千里迢迢跑去求道学剑，经过很多次拜访，才见到那位仙风道骨的老人。老人先是不承认有道，更不承认是剑仙，后来禁不起恳求，才对南先生说："欲要学剑，先回家去练手腕劈刺一百天，练好后再在一间黑屋中，点一支香，用手执剑以腕力将香劈开成两片，香头不熄，然后再……"

老人说了许多学剑的方法，南先生听了吓一跳，心想劈一辈子也不一定能学会剑，更别说当剑仙了，只好向老人表示放弃不学。这时，老人反过来问他："会不会看花？"

"当然会看。"南先生答曰，心想，这不是多此一问吗？

"不然，"老人说，"普通人看花，聚精会神，将自己的精气神，都倾泻到花上去了，会看花的人，只是半觑着眼，似似乎乎的，反将花的精气神，吸收到自己身中来了。"

南先生从此悟到，一个人看花正如庄子所说"与天地精神相往来"，不只是看花，乃至看树、看草、看虚无的天空，甚至看一堆牛粪，不都是借以接到天地间的光能，看花的会不会，关键不在看什么，而在于怎么看。

所以，南先生常对跟他学道的人说：先学看花吧！

南先生所说的"学看花"和禅宗行者所说的"瓦砾堆里有无上法"意思是很相近的，也很像学佛的人所说的"细行"，就是生活中细小的行止，如果在细行上有所悟，就能成其大；如果一个人细行完全，则动行举止都能处在定境。因此，细行对学佛的人是非常重要的，民初禅宗高僧来果禅师就说："我人由一念不觉，才有无明，无明只行细行，未入名色。今既复本细行，是知心源不远……他人参禅难进步，细行人初参即进步。"

我们常说修习菩萨道，要注意"三千威仪，八万细行"，就是指对生活的一切小事都不可轻忽，应该知道一切的语默动静都有深切的意义。

顾全细行，究竟有什么意义呢？

从前，佛陀在世的时候，有一天到忉利天宫，帝释（即俗称玉皇大帝）设宴供养，佛陀即把帝释也化成佛的形相，佛陀的弟子目连、舍利弗、迦叶、须菩提等人随后到了忉利天，看到两个佛陀坐在里面，不知道哪一位才是佛陀，难以向前问礼，目连尊者心惊毛竖，赶紧飞身到梵天上，也分不清哪一个是佛，又远飞九百九十恒河沙佛土之外，还是分不清（因为佛法身大于帝释，理论上应该从远处即可分清）。

目连尊者急忙又飞身回来，找舍利弗商量要怎么办。舍利弗说："诸罗汉请看座上哪个有细行？眼睛不乱翻，即是世尊。"

佛陀的弟子这时才从细行分出真假佛陀，齐向佛前问礼，佛陀对他们说："神通不如智慧，目连粗心，不如舍利弗细行。"（按，目连是佛弟子中神通第一，舍利弗则是智慧第一。）佛陀的意思是智慧是从细行中生出，只有细行的人才能观到最细微深刻的事物。

细行，包括行、住、坐、卧、言语、行事、威仪等等一切生活的细微末节，来果禅师就说一个人能细行，到最微细处，能听到蚂蚁喊救命而前去救护，他曾说到自己的经验："余一日睡广单（即通铺），闻声哭喊，下单寻觅，见无脚虱子，在地乱碰乱滚。"心如果能细致到这步田地，还有什么不能办呢？

民初律宗高僧弘一大师，是南山律宗的传人，持戒最为精严，平时走路都怕踩到虫蚁，因此常目视地上而行。弘一大师的事迹大家在《弘一大师年谱》《弘一大师传》中都很熟悉，但有一件事是大家比较不知道的：

弘一大师晚年受至友夏丏尊先生之托，为开明书局书写字典的铜模字体，已经写了一千多字，后来不得不停止。停止的原因，弘一大师在写给夏丏尊的信中曾详细述及，最重要的一个原因，他写道："去年应允此事之时，未经详细考虑，今既书写之时，乃知其中有种种之字，为出家人书写甚不合宜者。如刀部中残酷凶恶之字甚多。又女部中更不堪言。尸部中更有极秽之字。余殊不愿执笔书写。"最后,弘一大师无可奈何地写道:"余素重然诺,绝不愿食言,今此事实有不得已之种种苦衷,务乞仁者向开明主人之前代为求其宽恕谅解,至为感祷。"

我读《弘一大师书简》到这一段时,曾合书三叹,这是极精微的细行,光是书写秽陋的字就觉得污染了自己的身心,我近年来也颇有这样的体会,对我们靠文字吃饭的人,读到弘一大师的这段话,能不惭愧忏悔吗?

当然,我们凡夫要做到高僧一样的细行,非常困难,不过从世俗的观点看来,要使自己的人格身心健全,细行仍然是必要的,怎么样学细行呢?

先学看花!再学看牛粪!

学看花固然是不因花香花美而贪着,学看牛粪则也不因粪臭粪恶而被转动,这样细行才守得住。正是佛陀在《杂阿含经》中说的:

> 诸所有色,若过去若未来若现在,若内若外,若粗若细,若好若丑,若远若近,彼一切非我,非我所,如实观察受想行识,亦复如是。……如是观察,于诸世间都无所取,无所取故,无所著;无所著故,自觉涅槃。

佛经里常以莲花喻人,若我们以细行观莲花,一朵莲花的香不是花瓣香,或花蕊香,或花茎香,或花根香,而是整株花都香，如果莲花上有一部分是臭秽的，就不能开出清净香洁的莲花了。此所以有人把戒德称为"戒香"，只有一个人在小节小行上守清规，才能使人放出人格的馨香，注意规范的本身就是一种香洁的行为。

会看花的人，就会看云、看月、看星辰，并且在人世中的一切看到智慧。

"会看"就要先有细致的心，细致的心从细行开始，细行犹如划起一枝火柴，细致的心有如被点燃的火炬，火炬不管走进多么黑暗的地方，非但不和黑暗同其黑暗，反而能照破黑暗，带来光明！火炬不但为自己独自照亮，也可以分燃给别人，让别人也有火炬，也照亮黑暗。

此所以莲花能出淤泥而不染。

此所以仁者能处浊世而不着。

细行能成万法，所以不能小看看花，不能明知而走错一步，万一走错了要赶紧忏悔回头，就像花谢还会再开！就像把坏的枝芽剪去，是为了开最美的花。

那么，让我们走进花园，学看花吧！

一九八六年十一月十五日

# 青草与醍醐

我们去看朋友，随意谈起近日的生活，得到的常是一声叹息："好烦呀！"

有时坐在办公室中，左边不时传来叹息的声音，而右边有人推开一大沓待处理的文件："真是烦死了！"

还有一些时候，会接到不速的电话，我们耐着性子唯唯诺诺地听着，好不容易挂断电话，忍不住喘一口气说："真烦！"

最让人心惊的是我们的孩子，放学回家突然蹦出一句："这种日子真是烦！"

有一回，我看见亲戚读小学一年级的孩子坐着发愁，走过去正想安慰他，他突然这样说："少来烦我，我心情不好。"

这是个令人着烦的世界，工作的时候烦工作，生活的时候烦生活，忙碌时为奔波而烦，休息时为寂寞而烦。坐在家里也烦天下大事，走到室外又烦着环境与人群。

一个朋友说得最好："如果有一天清晨醒来，心情很好，能维持这好心情一直到入睡，就是谢天谢地了。"

烦死人的工作！烦死人的家事！烦死人的孩子！烦死人的电视！烦死人的天气！

虽然不至于真被烦死，时间却在忧烦中一寸一寸地死去了。

恼人的事也不少，孩子为上课、考试、升学而恼恨着；青年为爱情、婚姻、工作而恼恨着；大人为衣食、升迁、权位而恼恨着。恼恨着自己，恼恨着环境，恼恨着这个世界。


## 烦恼的本质

有一个孩子这样问我："我真希望生在古代，因为现代有太多令人烦恼的事。古代人不知道会不会像我们这么烦恼？"

"自从人生在这个世界，烦恼就随着诞生了，不管生在古代、现在，或者未来；不管生在中国、美国，或者非洲。人虽有古今，地虽有南北，人性没有什么不同，烦恼的本质也是一样的。"我说。

"什么是古今中外相同的烦恼本质呢？"孩子问。

"这是一个大的问题，我想我们还是从佛经的观点来谈吧！"

在佛经里，非常确定的就是人的烦恼，凡人必有烦恼的本质，烦恼的起因与反应可以大别为两种，就是"根本烦恼"与"随烦恼"——根本烦恼是烦恼的基本原因，随烦恼是随着根本烦恼的反应而生出的烦恼。

人的根本烦恼有十种，称为"十惑"或"十障"：贪、嗔、痴、慢、疑、身见、边见、邪见、见取见、戒禁取见。

贪、嗔、痴、慢、疑五种是迷于事的恶见，也是从生活而来的烦恼。身见、边见、邪见、见取见、戒禁取见等五种是迷于理的恶见，也就是从知识而来的烦恼。

这十种由生活与知识而起的烦恼是人生烦恼的根本，一般人比较能察觉生活带来的烦恼，却很难知道人生中有一半的烦恼是从知识生出来的。

随着根本烦恼而来的叫"随烦恼"，又名"随惑"，共有二十种：忿、恨、恼、害、嫉、诳、骄、覆、悭、谄、无惭、无愧、不信、懈怠、昏沉、掉举、散乱、放逸、失念、不正知。这二十种烦恼从字面上就可以明了，因此不多加解释。

在根本烦恼的种子，随烦恼芽苗的生长中，佛教把烦恼说成八万四千种烦恼，这是一个无限的概数，事实上，这世界上的烦恼何止八万四千呢？

为了使烦恼得到对治，佛教共有八万四千法门，也就是八万四千的菩提。这不仅仅是消极疗治的态度，而是一种积极的观点，是说任何一个烦恼都会带来一个觉悟、一次启发、一点智慧，所有的烦恼都是智慧的芽种，所有的智慧则正是烦恼结出来的花果。

由此观点，我们可以肯定地说：我们如果过的是无烦恼的人生，必然的，我们就会过无智慧的人生。


## 牛饮水成乳，蛇饮水成毒


所以，在一个更大的视野之中，烦恼就是菩提，菩提就是烦恼，是一体不二的。

这有一点像一个钱币的两面，两面虽有不同，钱币是同一个。在《法集经》里，有一位奋迅慧菩萨问无所发菩萨什么叫作菩提。无所发菩萨说：

　　善男子！言菩提者，无分别，无戏论法，即其言也。

　　善男子！见我者，名为戏论，此非菩提；远离我见，无有戏论，名为菩提。

　　善男子！着我所者，名为戏论，此非菩提；远离我所，无有戏论，名为菩提。

　　随顺老病死者，名为戏论，此非菩提；不随顺老病死，寂静无戏论，名为菩提。

　　悭、嫉、破戒、嗔恨、懈怠、散乱、愚痴、无智，戏论，此非菩提；布施、持戒、忍辱、精进、禅定、智慧，无戏论法，名为菩提。

　　邪见，恶觉观、恶愿，名为戏论，此非菩提；空、无相、无愿，无戏论法，名为菩提。

这里说明了遇到烦恼的时候，一个人如果随顺于烦恼就不是菩提，只有心不染着，能转烦恼为智慧的才是菩提。

烦恼的本质虽同，但因人所见而异，佛陀在《华严经普贤行愿品》中说：

　　牛饮水成乳，蛇饮水成毒；智学成菩提，愚学为生死；如是不了知，斯由少学过。

——烦恼只是水一样的东西，有智慧的人因它而觉悟，愚笨的人因它而随入生死，这就像牛吃了水化成牛乳，而蛇喝了水反而变成毒汁一样。

这是一个多么高明的比喻，佛陀在《大般涅槃经》里也讲了一个同样高明的比喻：

> 雪山有草，名曰肥腻，牛若食者，纯得醍醐，无有青黄赤色白黑色。谷草因缘，其乳则有色味之异。是诸众生，以明无明业因缘故，生于二相。若无明转，则变为明。一切诸法，善不善等，亦复如是，无有二相。

我们译成白话是："在雪山上有一种肥腻的草，牛吃了这种草就产出纯净的牛乳，不会有青黄赤白黑等颜色。只是由于吃谷草的因缘，使牛乳有一些颜色味道的差别，牛乳是牛乳则都是一样的。这就像各种众生，由于明、无明、业力、因缘的不同，而生出相异的相，如果能把无明的沉迷转了，心就开悟明净，一切诸法，善或者不善都像是这样，只要能转，就没有不同了。"

以上这段经文，是明白地触及了烦恼与菩提的人生本质毫无二致，人迷于事理则成烦恼，人悟于事理就化为菩提，因此，佛陀在《仁王护国经》里说了一段著名的话：

菩萨未成佛时，以菩提为烦恼。菩萨成佛时，以烦恼为菩提。何以故？于第一义，而不二故，诸佛如来，乃至一切法如故。

## 火中生莲，转识成智

烦恼与菩提不二如一的实性，时常受到小根器的人怀疑。甚至连小承行者都不免生出分别之心，认为必须先破烦恼、断烦恼、舍烦恼才能求菩提，在六祖的时代，就曾有一位薛简问过同样的问题，我们来看六祖的见解。

薛简问道："明喻智慧，暗喻烦恼，修道之人，倘不以智慧照破烦恼，无始生死，凭何出离？"

六祖说："烦恼即是菩提，无二无别，若以智慧照破烦恼者，此是二乘见解、羊鹿等机。上智大根，悉不如是。"

薛简问："如何是大乘见解？"

六祖说："明与无明，凡夫见二，智者了达，其性无二，无二之性，即是实性。实性者，处凡愚而不灭，在贤圣而不增，位烦恼而不乱，居禅定而不寂，不断不常，不来不去，不在中间，及其内外，不生不灭，性相如如，常位不迁，名之曰道。"

这样深辟的见解是连断、舍、破的观点都不许的，必须把烦恼与菩提合起来看，在《大方广宝箧经》里，文殊菩萨曾对佛陀的弟子须菩提开示，说：

譬如陶家，以一种泥，造种种器。一火所熟，或作油器苏器蜜器，或盛不净。然是泥性，无有差别；火然亦尔，无有差别，如是如是，大德须菩提！于一法性一如一实际，随其业行，器有差别。苏油器者，喻声闻缘觉；彼蜜器者，喻诸菩萨；不净器，喻小凡夫。

烦恼是陶土，菩提是陶器，泥土的性质是一样的，不同的是，菩萨用来盛蜂蜜，而凡夫用来装臭秽的东西！

用譬喻来说明烦恼与菩提关系的经典非常多，我们现在来看民初的高僧慧明法师对它的解释，他进一步指出烦恼与菩提有二义，一者火中生莲义，二者转识成智义。

关于火中生莲，他说：

火喻烦恼，莲喻菩提，烦恼是苦，菩提是乐。学佛人要由苦得乐，须于烦恼火宅之中，生出红莲，方为究竟。何以故？火有毁灭之威，不实之物，一经其焰，莫不随之而化；亦有锻炼之功，坚真之质，受其熔冶，即成金刚不坏之体……可知烦恼之火，即菩提之因，此即火中生莲之义。

关于转识成智，他说：

着相分别为识，即相离相为智，识即烦恼，智即菩提。何以故？烦恼由无明业识而生，菩提由清净慈悲而长，惟识与智，非一非二，所以者何？识是妄，智是真，离真无妄，离妄无真故，众生迷真逐妄，遂生烦恼，烦恼愈深，离真愈远。若发心真切，磨砺功深，则忽然识妄为幻，进而不离于幻，即幻为真，进而不着于真，当下清凉，识即成智。……可知烦恼与菩提，皆是一心，本无自性，能转烦恼为菩提，即是贤识成智义。

## 好好珍视我们的烦恼

烦恼与菩提的关系，到这里已经非常清楚地呈现出来，它像青草与醍醐，像泥土与蜜器，像烈火与红莲，是不可分的。这也像《维摩经》《大宝积经》中说到污泥中的莲花，莲花生于污泥正如醍醐为青草所化一样。

所以，当小乘行人为修惑、断惑而取涅槃的时候，大智大悲的菩萨却投入惑中，为了济度众生，情愿不断烦恼以利益有情，这种心愿非常的动人，但它的实相是，烦恼正是菩提，菩萨在烦恼里才能锻炼智慧（智增菩萨），也才能广发悲心（悲增菩萨），我们想想看，如果菩萨不在烦恼中，智慧由何而来？慈悲从何而来？如果菩萨不在烦恼中取菩提，又如何济度为烦恼所苦的众生呢？

明白烦恼菩提不二如一的要义，不仅对我们出世般若有帮助，对人世智慧也有很大的启发，这使我们有更积极的勇气来面对人生，使我们有更清明的灵思来承受烦恼，到了一天，我们每一朵烦恼的烈焰都烧出一朵菩提的红莲，我们每一株烦恼的杂草都生出一滴清纯的乳汁，我们每一块烦恼之土都铸成一个精美的器皿，我们每一分情都是慈悲与智慧的结晶，那时候，我们才能体验到最净、真我、妙药、常住的无上最胜菩提。

我们再来谈《维摩经》中动人的一段吧！

维摩诘问文殊利："何等为如来种？"

文殊师利言："有身为种，无明、有爱为种，贪、恚、痴为种，四颠倒为种，五盖为种，六入为种，七识为种，八邪法为种，九恼处为种，十不善道为种。以要言之，六十二见及一切烦恼，皆是佛种。"

好好珍视我们曾经承受过的烦恼，珍视现在正处着的烦恼，因为其中的每一个，都是佛种！

一九八六年九月一日

# 八风吹不动

七月十六日有一则来自美联社西班牙巴塞罗那的电讯，报道了超现实主义大师达利的消息，达利告诉去采访他的记者说，他将永远不会离开人世，因为他是个天才。达利现年八十二岁，他因轻微的心脏病发，十三日被送进医院进行紧急手术，安装了一枚心脏节律器。

他离开医院时，在门口对记者说："由于我是个天才，我没有死亡的权利。我将永远不会离开人世，因为我希望为我们的国王（卡洛斯），为西班牙及为加泰隆尼亚而活。"

达利的人和他的画一向都被热烈地争论，他特立独行、时出奇招，经常都是传播媒体乐于报道的新闻。而在本世纪，他人还活着，艺术已经受到全世界的肯定，是在毕加索、米罗死后，少数现代艺术的世界级大师。

尽管达利的艺术疯狂而诡秘，超越了现实的想象世界，可是当他大发豪语说出"由于我是个天才，我没有死亡的权利"的时候，我们并不能感受到他的豪迈，反而觉得一种无奈的凉意。那是因为在人类的历史中，曾经有过无数的天才，可是从来没有一个人不离开人世，看清了这一点，我们对达利最后的呼喊就益发触动了一些惆怅。

不要说死亡了，几年前世界重量级的拳王阿里，在他最强壮最巅峰的时候，曾经在拳击台上高呼："我是永远的拳王，不可能被击败！"可是他在最后的几场拳击赛中却一再地被击倒，我们看他在拳击台上步履蹒跚，肌肉松弛，努力挥动拳头的时候，不禁对这位曾不可一世的拳王感到同情，这使我们认清了一项事实：世界上没有永远不被击倒的人，即使是世界拳王也不例外。

达利和阿里并不是被对手击倒的，而是被时间打败，他们在岁月里老去，而且不只老去，他们还曾和所有这世界上平凡或不平凡的人一样，最后都将投入疾病与死亡的怀抱。

对于像达利和阿里，在人生里曾经有过事功，被世人所尊崇的人物，他们往往难以面对老化与死亡的事实，他们最后的叫唤并不能拉住时间的脚步，只是说明了一句话："我不甘心！"我们的一位前辈艺术家席德进，在死前最后一刻，曾大声说出来的一句话正是"我不甘心！"


## 不要阎王爷知道我


达利接受访问的第二天，中国摄影家郎静山度过了他的九十五岁生日。

这位摄影大师生性淡泊，从来不声张他的生日，也很少过生日，他在接受记者访问时幽默地说："避免过生日，是不要阎王爷知道我。"

郎大师生于清光绪十八年（一八九二年），农历闰六月十二日，他之所以婉拒大家给他过生日的理由，是他认为闰月才是他的生日。在他九十五年的岁月里，只遇到六次闰六月，第六个闰月是他八十八岁那年。

当有人告诉他，明年有闰六月时，他非常惊讶地说："我记得要到我很老的时候才会再出现一次的闰六月。"

我们从郎静山大师幽默的谈话里，可以看到他仍然保有赤子纯真的心情，他对自己的老有一种坦然自在的态度。

我曾经几次访问过郎静山先生，颇能感受到他宁静淡泊的心怀与人生态度，他清心寡欲、生活简朴，对待年轻人非常诚恳谦虚，时常让人忘记他是九十多岁的老人。有时候在西门町路边的橱窗遇见他，他总是一袭长袍，满头白发，仙风飘飘，步履稳健，耳聪目明，他虽出生于前清年代，健康却不输给一般的青年。

郎先生除了担任了五十年"中国摄影学会"理事长外，现在还在"台北市政府公务人员训练中心"教摄影和保健，他的保健秘方归纳起来十分简单，就是"生活简朴，清心自在"。

这几十年来，郎先生总是穿长袍，样式从来没有变过，颜色只有黑、灰、蓝三色，他从来不介意外在形象，时日一久，反而创造了一个鲜明的形象，并且成为摄影人士的精神标杆。

不久前，一家彩色软片公司以郎静山做广告，却没有汇钱给郎先生，摄影界的后辈都为他愤愤不平，但郎先生只是一笑置之，由此可见他的修养，以及对名利的态度。


## 群山间最近的道路

比较起来，超现实主义艺术大师达利，年纪比郎大师小，可是达利说："我永远不会离开人世，因为我是个天才。"而郎静山不过生日是因为："避免过生日，是不要阎王爷知道我。"相形之下，郎大师就比达利有智慧得多，这种智慧是来自于他知道人必有老，人必有死，而能坦然处之，不卑不亢，令人击掌。

知道人生老死之必然，是中国哲学里非常自然的一部分，虽说人在面对时不免挣扎抗拒，心有不甘，但只要知道了自然的兴谢，草木的荣枯，把人生当成自然的一部分，就比较能够切进生命历程的核心。

那些摆出强人姿态，鄙视老去与死亡的人，无法脱开老与死的捕捉，而那些坦然面对人生兴谢的道路的人，也同样地要走进枯萎的怀抱，这是人生里无可奈何的真实。正像哲学家尼采说的："群山之间最近的路是从山巅，但你必须有够长的腿。"这实在是个悲剧的预示——没有人有那样长的腿。

写到这里，突然听到新闻广播，报道郎静山先生往南横公路拍照的回程，在利稻附近，座车翻落五百多米的深谷，随行的四人中三死一伤，而郎先生在五十米高的山腰上被摔出车外，仅受轻伤，距离他过完九十五岁生日仅有十天的时间。陪他前往而死亡的摄影家都犹在壮年，使我们感到哀伤，却也同时看到了无常的例证。

郎先生不只是命大，简直是个奇迹，可见他的福报很大。比较起来，有许多年轻人，当劝他们要多做智慧的探索、心灵的思考时，他们常说："还早哩！等我年纪大了，比较清闲时再说吧！"很少人想到，即使在这个世界上，仍有许许多多青年竟活不到老的，或者他们知道许多人活不到老，但万万想不到那活不到老的正是自己。

我想到两句诗：

莫道老来方学道，孤坟都是少年人。

还有两句是：

孤坟都是猛士，荒冢多少豪杰。

人生说长道短，短的有活不过一时的，长的也难过百岁，从这一个限制来看人生的道路，就可以看到佛教经典在这基础上看清了人生的真相，老病缠身，失所流离，怀爱死别则是这真相里最让人叹息的。

## 八风吹不动与三法印

佛教里说人生最基本的八苦是生、老、病、死、爱别离、怨憎会、求不得、烦恼炽盛。这八苦中，其他六苦都是因人而异，有轻重之别，唯有老、死两样是绝对的、相同的、没有差别的。

老死虽是绝对的，但有八种东西曾加速它的来到，在经典里称为"八风"。《增一阿含经》就说：

> 有世八法，随世回转。何云为八？一者利。二者衰。三者毁。四者誉。五者称。六者讥。七者苦。八者乐。

为什么叫八风呢？

因为这八种都是煽动人心的原动力，由于这种煽动，加速了人生的燃烧，人就随这种燃烧逐渐被焚掉了岁月，烧光了寿命。可是使我们快速老化的不仅是痛苦的事，连利益、称誉、快乐都是使我们燃烧的原能力。

此所以古来的修行人，他们最根本的基础是"八风吹不动"，这也是最基本和定境。八风吹不动，并不表示就不会老，不会死，而是能使生命的风不要吹得太快、太激烈，不加速运转的速度罢了。

这是《薢沙王五愿经》说的：

> 志在淫逸，故不得脱。志在嗔怒，故不得脱。志在愚痴，故不得脱。道人知是者，因弃淫逸之心，弃嗔怒之心，弃愚痴之心，拔恩爱之本，断其枝条，截其根茎，不复生滋，是名无为。

——把八风的枝条与根茎都拔除了，不再被它煽动，是解脱人生之苦的根本道路。

说到"八风吹不动"，禅宗里有一个有趣的故事，也是大家都知道的故事：

苏东坡与佛印和尚是好朋友，有一天他写了一副对联，上书"八风吹不动，端坐紫金莲"两句，请部属送给佛印看。佛印看了微笑，在上面批了一个"屁"字，请人送回给苏东坡。

东坡看了这个"屁"字，怒不可抑，亲自坐船过江，要到金山寺去找佛印和尚算账，赶到金山寺时，只见寺门上贴了一副对联："八风吹不动""一屁打过江"，东坡看了哑然失笑，才知道自己上了佛印的当。

这虽是个笑话，但深入想一想，我们在人生里不也是每天被一些无关紧要的屁事吹得东倒西歪吗？有许多人被无常的风吹得步履蹒跚，还自以为是端坐紫金莲哩！

老是无常、死是无常，这是再高的修行者也不能避免的，是佛陀最初说法"三法印"的一部分。

三法印是"诸行无常，诸法无我，涅槃寂静"，法印是佛法的定义，也是用这三个定义可以区别佛法与外道的不同，用这三个法印来衡量一切诸法，如果有一个法自称是永恒不变的（例如信我者永生），是唯我独尊的（例如天地为我所创造），是可以得到人间一切荣华的（例如求财得财），那么这不是正法，而是外道。

一般说三法印，都是把三者分开来做印证，但我有一个不同的解释，是连贯来看的，就是当一个人明白了一切法为无常的真谛，他才有可能打破一切对自我的执着，而唯有打破我执到了无我的境界，才有可能进入寂静明澈的涅槃净境。


## 珍惜剩下的岁月

既然知道年华老的悲哀，又知道了死亡随时在门口蹲踞，有许多人都会想："管他的，二十年后又是一条好汉！"那是因为大家都相信在轮回与转世里，今生未完成的志业都可以在下辈子完成。

但是老与死最可怕的真相是：一切并不像我们所想的那样如意。因为即使是投生为人，都不是一件容易的事。

佛陀曾在《杂阿含经》里说过一个故事。

佛陀对弟子说："譬如大地，悉成大海。有一盲龟，寿无量劫，百年一出其头。海中有浮木，止有一孔，漂流海浪，随风东西。盲龟百年，一出其头，当得遇此孔不？"

阿难对佛陀说："不能，世尊！所以者何？此盲龟若至海东，浮木随风，或至海西。南北四维，围绕变尔，不必相得。"

佛陀于是对弟子说："盲龟浮木，虽复差违，或复相得。愚痴凡夫，漂流五趣，暂复人身，甚难于彼。所以者何？彼诸众生，不行其义，不行法，不行善，不行真实，辗转杀害，强者凌弱，造无量恶故。"

这段经文，简单地说，是大海里有一只瞎眼的乌龟，它一百年才浮上海面一次，而海面上有一块漂浮的木头，上面有一个洞，那瞎眼乌龟每百年伸头一次，把头伸进浮木的洞里，有没有可能？而众生要转生为人的可能性比那盲龟浮木还要困难得多呀！

我们今天有如此难胜的因缘，以人身诞生在这个世界上，知道再来的时候是如此不易，那么如何珍惜剩下的岁月，实在是人生中最重要的课题。珍惜岁月唯一的道路，在《增一阿含经》中，阿难曾说过一首诗，值得我们记而诵之：


诸恶莫作，

众善奉行，

自净其意，

是诸佛教。


一九八六年九月十日

# 如是我闻

释迦牟尼佛将涅槃的时候，弟子阿难随侍在侧，想到师父很快就要命终，忍不住悲从中来，流下眼泪。

这时候，另一位弟子须跋陀罗也赶到了，他看到阿难哭泣，就劝阿难说："师父在世的时候我们可以随时问道，师父死后我们就无法请教了，因此，你哭是无益的，还不如在师父没有入灭之时，请师父开示几个重要的问题。"

阿难止住哭泣，说："要问什么呢？"

须跋陀罗说："第一，师父死后，应以谁为师？第二，师父死后应以何为住？第三，师父死后，应经何为法？第四，一切经的起头，应用什么文字？"

阿难就向前请佛陀开示，佛陀说："我圆寂后，你们应以波罗提木叉为师。应以四念为住。应以默摈为法。一切经典的开头用'如是我闻'。"

这是佛陀最后对弟子的简短的开示，等于也是佛陀的遗教，非常重要，我在这里特别加以简短的说明："波罗提木叉"是梵语，译成中文是"戒律"，佛陀要弟子以戒律为师。

"四念"是"观身不净、观受是苦、观心无常、观法无我"，翻成白话文是：观照自己的身体及身体所处的环境都是不清净的。观照自己的妄想都是无常的，不能究竟，观照世界上所有的法，都是无我的。

第三个问题，佛陀的答案是"默摈"，默是沉默，摈是摈弃。意思是自己应该沉默离群修行，如果有变心的弟子，有不信的人，不要去理他。

第四个问题的答案，对后世的佛教影响极大，而且它也影响到一切的经典，佛陀说"如是我闻"，翻译成白话："这是我听佛陀亲口说的。"

为什么佛陀要用"如是我闻"为经典的开头呢？我想，是为了强调经典的真实性，佛陀在许多经典里说过："我是真语者，实语者；语者，不诳语，不异语者。"是在说明他从来不说假话，从来不说模棱两可的话，不说骗人的话，这是佛教里极重要的一种精神，用"如是我闻"使得末法时代不能亲耳听见佛陀开示的众生，也能生起对经典的信念。

因此，很自然地把"如是我闻"作为一切经典的开头，我们今天打开任何一卷佛经，开头都是"如是我闻"，就是这样来的。


## 其情其景，历历在目


除了"如是我闻"，佛经里还有一个特色，就是先说时、地、人、事，然后才开始记载经典。这也是为了说明经典所说的经过是确有其事的，其情其景，历历在目。

举个例子，像《金刚经》的开头是：

> 如是我闻：一时，佛在舍卫国祇树给孤独园，与大比丘众千二百五十人俱。尔时，世尊，食时，着衣持钵，入舍卫大城乞食。于其城中，次第乞已，还至本处，饭食吃，收衣钵，洗足已，敷座而坐。时长老须菩提，在大众中，即从座起，偏袒右肩，右膝着地，合掌恭敬而白佛言：希有！世尊。如来善护念诸菩萨，善付嘱诸菩萨！世尊！善男子、善女人发阿耨多罗三貌三菩提心，应云何住？云何降伏其心？

我们看这段开头，可以清楚地看到经典的记述是如何慎重其事，如何不厌其细，它说明了佛陀说法的地方，听法的人数，佛与弟子如何到城中托钵，吃过饭后是如何坐着，须菩提如何站起来，对佛陀行了一个礼节，向佛陀提出什么问题等等。

所有的经典都是如此，对人、事、时、地有清清楚楚的描述，这是非常有历史感的写法，真实记录了一部经典的诞生，给后世读经典的人有可资依循的基础与方向。

最有意思的是"一时"两字，一时是一个不确定的时间，是"那个时候"的意思，为什么用"一时"呢？我们要知道，佛陀说法有次第之分，有大乘小乘之别，不是每一个时间都说一样的法，这种时间的因缘成立就是"一时"。

在佛陀所说的法里，我们可以知道佛陀并不轻易说法，而是因时、因人、因地而说，因时是要机缘成熟，因人是要智慧根器，因地是要道场庄严。只有这三个因缘都会合，佛陀才开演说法，此可以看出"一时"的重要。

只要我们深入经典，必然知道佛陀从不在不当的时机地点对不当的人说法，由这里更可以看出佛陀智慧之深广。后来，演变到今天，《菩萨戒本》里有一条就是"不能对大根器者说小乘法，不能对小根器者说大乘法"，说了就算犯戒，可见法之不易。


# 一声新雁觉天寒


我们闲话表过，还是回到"如是我闻"吧！

记得我第一次读《金刚经》，读到"如是我闻"四字，有一种特别的感受，送我《金刚经》的朋友对我说道："'如是我闻'就是这是我亲耳听佛陀说的意思。"

我听了，疑惑地问我的朋友："就是这么简单吗？"

"是呀！就这么简单！"

"好像不应该这样简单的，那么，'如'是什么意思呢？'是'是什么意思？'我'是什么？'闻'又是什么呢？"

朋友被我问得满头大汗，说没有人这样读佛经的，应该去找明师指点才行。我后来找到了明师，可却不是教读经的，而是教禅定与智慧的，于是"如是我闻"就成为心中的小石子，找不到落脚之地。

我找了许许多多关于经典的注释，发现"如是我闻"确可以
更深入地来解释。

六祖慧能的解释是：

> 如是指义，是者定词，阿难自称如是之法，我从佛
> 闻，明不自说也，故言如是我闻。又，我者性也，性即
> 我也，内外动作，皆由于性，一切尽闻，故称我闻也。

傅大士更进一步说明"如是"两字：

> 如者，众生之性，偶别千左，动静不一，无可比
> 类，无可等伦。是者，只是众生性之别名，离性之外，
> 更无加紧法。又云，法非有无，谓之。皆是佛法，谓
> 之是。

在《金刚经百家集注》中有一位川禅师，他给"如是我闻"
的解释更有意义，他说：

> 如如，明镜当台万象居。是是，水不离波波是水。
> 镜水尘风不到时，应现无瑕照天地。我者，为性自在，
> 强名之也，又云身非有我，亦非无我，不二自在，名为
> 真我，又云净裸裸、赤洒洒，没可把。颂曰：我我认著
> 分明成为两个，不动纤毫合本然，知音自有松风和。闻
> 者，听闻也。经云：听非有闻，亦非无闻，了无取舍，

名为真闻。又云：切忌随他去。颂曰：猿啼岭上，鹤唳
林间，断云风卷，水激长湍，最爱晚秋霜午夜，一声新
雁觉天寒。

川禅师的文字真是美，境界也很高，可见得"如是我闻"真
不是那么简单，我们用简单的话说，"如如"是指我们心性的动
静，它像明镜一样反映着我们的一切；"是是"则是指这种情况是
确定不二的；"我我"是指佛性的永恒才是真我，开悟的时候就与
我们的肉身合一；"闻闻"是指我们若有所闻皆是假象，因为所闻
的一切都将变灭消失，要内外了无分别者真的听闻呀！

## 是心作佛，是心是佛

其实，如、是、我、闻这四个字如果能细解，就能触及到佛
教的基本精神，当一个修行者到达如如不动、是一不二、了破我
执、平等无别的境地，也算修行有了成果了！

这四个字也是佛教里极重要的字。

在佛教经典里，"如"的意思是诸法的实相，《般若经》里，
如是指空义；《法华经》里，如是中义。其实两者指的都是实相，
佛教里的法门虽个个不同。它的法性、实际、理体则一味平等，
这就是"如"，正是《维摩经》说的："如者不二不异。"所以，如
也是真如、如如不动之义。

《大智度论》把"如"字解释为："诸法有二种，一者各各相，

111

二者实相。"各各相就是如地属坚相，如水属湿相，如火属热相等等，是可变的。穿过这可变的事相，找到了不变的空相，就是实相。

"如"是实相的缘故，所以佛教里的一切佛都有十个名号，其中一即是"如来"。成实论说："如来者，乘如实道来成正觉，故曰如来。"大智度论说："如实道来，故名为如来。"

引申出来，对于一切契理的法叫"如法"，可称赞时叫"如是"，随顺己意叫"如意"，真实不妄的话叫"如语"，变化出来的种种事物叫"如幻""如化"。

可见，"如"是佛教中重要的字，一个人能如实空、如实智、如实知自心、如实修行、如如不动，就能体证到佛教修证的精妙之处。

"是"是定词，不像"如"有奥微之义，我在这里谨引《观无量寿经》的一段经文来说明：

> 诸佛如来是法界，入一切众生心想中，是故汝等心
> 想佛时，是心即是三十二相、八十随形好，是心作佛，
> 是心是佛。

但是到了"我"字，问题又大了，我是谁呢？佛教里指色、受、想、行、识和合者是为"假我"，破除这假我，真我即现前。真我在佛经以里有很多名称，"自性""佛性""神识""八识心田"都是。

《圆觉经》说："一切众生，从无始来，妄想执有我人众生及寿命，认四颠倒，为实我体。"《大乘起信论》说："一切邪执，皆

依我见，若离于我，则无邪执。"说的无非是我们这个由地水火风四大假合的肉体，不是真正的实我。

因此，佛教修行的道路，是先看清了假我无常，接着破掉对假我的执着、贪爱、傲慢，才能见到真正清净的自心，也才有解脱的可能。这正是先无我、我空，才能证得自性无垢的妙谛。

"闻"字在佛教里也很重要，"闻、思、修"在佛教里称为"三慧"，闻是三慧之首，也是观音菩萨修行的法门。

《楞严经》里记载了观世音菩萨在楞严会上，向释迦牟尼及大众报告修行的经过，这段经文非常之美，我抄录在下面：

> 尔时，观世音菩萨即从座起，顶礼佛足，而白佛言：世尊，忆念我昔无数恒河沙劫，于时有佛出现于世，名观世音。我于彼佛发菩提心，彼佛我从闻思修，入三摩地，初于闻中，入流亡所。所入既寂，动静二相，了然不生。如是渐增，闻所闻尽，尽闻不住。觉所觉空，空觉极圆。空所空灭，生灭既灭，寂灭现前，忽然超越世出世间，获二殊胜。一者上合十方诸佛本妙觉心，与佛如来同一慈力；二者下合十方一切六道众生，与诸众生同一悲仰……

由于观世音菩萨由闻性修起，后来"闻所闻尽，尽闻不住"，所以才能"千处祈求千处应，苦海常作度人舟"，所以"若有无量百千万亿众生，受诸苦恼。闻是观世音菩萨，一心称名，观世音菩萨，即时观其音声，皆得解脱。"——这也就是观世音菩萨名号的由来。

耳根净闻的修持方法是观音法门中的重要法门。耳朵是五官中最圆满的器官，它能听上下十方一切音声，不像眼睛只能看前不能顾后；它能不动自在地听左右内外，不像鼻子进进出出，忙个不停；它不需要什么东西，所以藏污纳垢，不像嘴巴爱吃又常乱说话……在《法华玄义》里说：

闻慧具足，如人有目，日光明照，见种种色。

闻是多么重要呀！


## 放满一池清凉的水

光是"如是我闻"四个字的奥义精深已经解不胜解，可知佛教经典确实不能等闲视之，里面的一字一句都大有智慧在。

前已述及，"如是我闻"是诸经起头，接下来大部分经典都有说法之时、说法之主、说法之处、说法之众，无非在证明其可信而不是妄言，这种坚固具足不可破的开头，佛教里称为"六成就"。

"如是"是信成就，"我闻"是闻成就，"一时"是时成就，"佛"是主成就，"在舍卫国祇树给孤独园"是处成就，"与大比丘众千二百五十人俱"是众成就。总称"六成就"。

有时候读经，开口一念"如是我闻"，想到少年时代初闻此句时的心情，感觉这四个字真是动人、真是美，仿佛包围了人的一切，就像放满了一池清凉的水，自己正要举步走进池水彻底地洗涤一样。

述说了这么多，其实"如是我闻"也并不难，它确实只是说："这是我亲耳听佛陀所说"，可是这么简单明白的话我却绕了十年的圈子，才算笃定了。

一九八六年六月十日

# 胸怀千万里

有一部《老女人经》记载了一个年老的女人向佛陀问法的故事，这个故事非常有意思，因为老女人所问的问题，差不多是我们都想问的问题，在下面，我把老女人的第一个问题保留文言，其余的译成白话。

有一天，一位贫穷的老女人来到佛陀面前向佛陀顶礼后说："我想要问一些问题，不知道可不可以？"

佛陀说："好呀！你可以问任何问题。"

老女人问说："生从何所来？去至何所？老从何所来？去至何所？病从何所来？去至何所？死从何所来？去至何所？色、痛痒、思想、生死、识，从何所来？去至何所？眼、耳、鼻、口、身、心，从何所来？去至何所？地、水、火、风、空，从何所来？去至何所？"

佛陀回答说："善哉！问是大快。生无所从来，去亦无所至；老无所从来，去亦无所至；病无所从来，去亦无所至；死无所从来，去亦无所至；色、痛痒、思想、生死、识，无所从来，去亦无所至；眼、耳、鼻、口、身、心，无所从来，去亦无所至；地、水、火、风、空，无所从来，去亦无所至。诸法皆如是：譬如两木相搒，火出还烧木，木尽火便灭。"

佛陀在这里讲了一个重要的问题，就是人生的诸相并没有来的地方，也没有归往的所在，就像钻木取火一样，两枝木头生出火来，火烧起来时烧掉了木头，当木头烧完后，火自然就灭去了。

说了这个答案，佛陀反问老女人："从木头生出的火，是从哪里来的？又往哪里去呢？"

老女人回答说："因缘合，便得火；因缘离散，火便灭。"

佛陀说："对了，一切世间的相法也是这样，因缘合乃成，因缘离散而灭；法亦无所从来，去亦无所至。这就像眼睛看见东西就生出意念，意念和东西都是空的，并没有所谓生成，也没有所谓灭。"

佛陀接着又解释说："譬如一面鼓，不是一个东西就叫作鼓，有了鼓皮，有了撑鼓皮的木头，还有人持着鼓槌，鼓就有了声音。其实这鼓声的本质是空的，未来的声音并不存在，过去了的声音也不存在。鼓声不是从鼓皮出来，不是从鼓木出来，不是从鼓槌出来，也不是从人的手出来，而是会合了这几种事物而成为鼓声。鼓声从空生出也在空灭去，这就像云上起了阴雾就会下雨，雨不是从龙身上出来，不是从龙的心中出来，而是因缘而生成的。所以诸法亦无所从来，去亦无所至。"

这一个故事很清楚地说出佛教对人生的重要观念，就是人生诸相是由顺缘所合成的，我们身体固然是因缘所合成，我们的生命与命运也是，甚至于我们的环境，我们的心动念所有的一切，何尝不是因缘所作呢？

佛法虽然是求出世的慧解，却对人生也有极智慧的看法，不知的人常常产生一些疑惑，就如同故事里的老女人一样。佛教对人究竟有什么基本的看法呢？我想，佛教对人生的看法说起来并不复杂，第一、人生是因缘合成的；第二、人生是容易堕落的；第三、人生是无常的；第四、人生是苦的；第五、人生是烦恼的；第六、人生是有限的。


## 因缘合成的人生


因为佛教对因果、业报、轮回的看法，常被误以为佛教是定命论或宿命论，是消极的宗教。

其实不然，佛教阐明因果、业报、轮回的必然性，但它是站在一个因缘的基础上。

因缘是什么呢？

佛教讲缘起、讲十二因缘，十二因缘就是无明、行、识、名色、六入、触、受、爱、取、有、生、老死。人生三世（包括过去世、现在世、未来世）就是十二因缘的循环。

我现在用一个简单的图表来说明：

无明（过去世的烦恼）————┐
                         ├———— 过去所受的因
行（过去世的善恶行为）————┘

识（依过去世的因入胎之一念）————┐
名色（在胎中生诸根形）————┤
六入（胎中所成的六根）————┤———— 现在所受的果
触（出胎时的触境）————┤
受（领受现前尘境）————┘

爱（贪爱）————┐
取（取着）————┤———— 现在所依的因
有（因爱取感生的后有之业）————┘

生（依现在业报而受生）————┐
                         ├———— 未来当受的果
老死（未来身必老死）————┘

　　人的生生死死无不是如此，因为过去的烦恼与业报而投胎到应生的地方，出生以后一方面领受以前的因所生的果，一方面造新的因埋下未来的果，因果循环，无穷无已。

　　这里面，无明、行、识、名色、六入、触、受是前定的，无法更改了，就像我们幸而生为人，幸而六根具足，然后出生什么家庭，家庭的环境决定了我们的前半生，都是我们自己没有能力做主的。

　　但是，从爱、取、有，到生、老死，则是我们可以依心念做改变的，一念不贪爱、一念取着，就改变了我们的来生，或者改变了今生未受的果报。举例而言，例如谷种（识、名色、六入、触、受的种子），虽然埋在地中（无明、行的业种），如果不遇到雨露（爱、取、有的因缘）的滋润，也无法发芽成长（生、老死的感果）。

这才是人生因缘的实相，一切法虽由因缘的和合而生，因是本来就有的，如果缺缘，果就永远不能显现，宿命论者只看到了因果之必然，而忽略了因缘的偶然，就像只见到苹果的种子可以长苹果树，而不知道苹果若种在非洲则必然凋零一样。

明白了人生是因缘合成的道理，等于明白了改造命运的原理，唯有掌握现在的善缘，创造未来的善因，才是积极的人生态度。

我们的过去已经历历，我们的未来似乎也有一定的轨迹，在这样的因缘里要如何改变呢？最好的方法是多给人生一些清明的雨露，滋润那逐渐在败坏的种子。

## 从堕落里超拔

中译的第一部佛经《四十二章经》里，在第四部十一章，佛陀说：

> 夫与道者，如牛负重，行深泥中。疲极，不敢左右顾视，出离淤泥，乃可苏息。沙门当观情欲，甚于淤泥，直心念道，可免苦矣！

译成白话是："修学佛道的人，就像一双负载重物的牛，走在很深的污泥里，虽然疲倦到了极点，也不敢左顾右盼，要一直走出污泥，才敢松一口气休息。出家人观照情欲，比污泥还要厉害，唯有一直心念于道，才可以免受陷溺的痛苦。"

我是生长在乡下的孩子，第一次读到这段经，就浮现出小时候赶水牛过泥河的情景，只有步步留神才不至于失足落入河里，人生也是这样，人是那么容易在世间情欲中堕落，那是由于人的本身与环境都埋藏了许多令人堕落的因素。

佛经里讲过许多人堕落的原因，也说要使自己不堕落是非常困难的，佛陀就说过："一个人战胜一千个人一千次，还不如战胜自己一次来得可贵。"

什么容易使人堕落呢？

《杂阿含经》中举了五十几项使人堕落的事件，称"堕负门"，是相对于"胜处门"的，堕负门也就是"使人堕落和失败的门"，因为原文很长，我只选择现代人容易堕落的十项列在下面：

爱乐恶知识，不爱善知识；

欲恶不欲善，斗称以欺人。

博弈耽耆酒，游轻着女色；

常乐着睡眠，怠堕好嗔恨。

多财结朋友，酒食奢不节；

求珠当璎珞，革屣履伞盖。

受他丰美食，自吝惜其财；

若父母年老，不及时奉养。

于父母兄弟，槌打而骂辱；

有财而不施，无有尊卑序。

　　看起来，世间令人堕落的事物实在不少，我们可能无法改造拯救这个世界，唯一的方法是使我们自己不堕落，从堕落中超拔出来。《四十二章经》里有个故事：有一个人因为不能停止自己的淫乱冲动，想要砍断自己的阴部，使自己不再堕落于淫乱，佛陀听到了就开示他说："若断其阴，不如断心。心如功曹，功曹若止，从者都息。邪心不止，断阴何益？"

　　让心灵清净不堕落，才能从堕落的人与环境中得到安宁与解脱。


# 在这无常的人间

《四十二章经》第三十八章：

　　佛问沙门："人命在几间？"

　　对曰："数日间。"

　　佛言："子未知道。"

　　复问一沙门："人命在几间？"

　　对曰："饭食间。"

　　佛言："子未知道。"

复问一沙门："人命在几间？"

对曰："呼吸间。"

佛曰："善哉！善哉！子知道矣！"


佛陀认为人生的短暂与变化是快速的，一如呼吸一样，一口气呼出去，吸不进来，就是下辈子了。这是人命的无常，也是人命的实情。此外，佛教里认为世间一切法一切相都是无常，并无一个永恒不变的存在，所以佛陀说：


观天地，念非常；观世界，念非常；观灵觉，即菩提；如是知识，得道疾矣！


无常是人人都必须面对的事实，无常不是贫者才能感受，也不是富者所专有，权势再高的人，自认为可以控制一切的人，最后也要在无常中俯首。在这个世界，每一生每一年每一月每一分钟每一秒，乃至每一万分之一秒，都是无常。

看清楚人生的无常，是一个人能否生智慧的开端——观照天地是无常的，世界是无常的，只有观照自己的心性，在无常中觉悟，才能迅速地证得圣道，就是这个道理。

说明无常的快速，和无常的普遍，佛陀在《坐禅三昧经》里有一段非常生动的比喻：


如鹿渴赴泉，已饮方向水；

独师无慈惠，不听饮竟杀。

痴人亦如是，勤修诸事务；

死至不待时，谁当为汝护。

人心期富贵，五欲情未满；

诸大国王辈，无得免此患。

仙人持咒箭，亦不免死生；

无常大象蹈，蚁蛭与地同。


　　无常的快速就像一只口渴的鹿跑到泉水边，才向着水想喝的时候，就被无情的猎人射杀了，竟不让它喝完最后一口水。

　　因五欲而想追求富贵的渴望，连大国王都不能免；天上的仙人虽会念咒，同样不能免除生死；可是当无常的大象走的时候，国王、仙人、蚁蛭，都和土地没有什么差别呀！

　　无常也是佛教见到的人生实相，面对无常，唯一的方法是警觉到这无常的可怕，让恒常的真我——佛性——从长睡中醒来。


## 冲出痛苦的重围


　　因为无常，人生里就少有长久的快乐，在短暂的人生快乐中，背景正是长期的人生之苦。

　　人生为什么是苦的呢？

　　早在佛陀还是王子的时候，他从南门走出，看到许多容貌憔悴的老人，步履蹒跚，非常痛苦；他走出东门，看到许多生病的人在路边呻吟、辗转反侧，非常痛苦；他从西门走出，看到有人死了，其家人哀哭悲痛，神色凄惶，非常痛苦。这些，使他警醒到人生是苦，出离修行，希望能找到一条脱离苦的道路，后来他先找到老、病、死的原因，就是出生。

佛陀在证道以后，把生、老、病、死当成人生身体上基本的苦，再加上爱别离（和所爱的有生离死别）、怨憎会（与所恨的人偏偏相聚）、求不得（想要的东西求不到）、烦恼炽盛（被烦恼之火所燃烧）四种精神的苦，称为"人生八苦"。

这八种苦，只要是投生为人就不能避免的了。

也许有的人比较迟钝或比较有福报，感受到比较少的苦，但苦的本质是一样的，人生里当然也有一些乐的成分，却因无常使得快乐不能长驻，快乐的消失也是一种苦。

所以在苦的层次上又分成三种，一是苦苦（就是任何人都感受到的苦，像前面的八苦）；二是乐苦（就是快乐败坏的痛苦）；三是行苦（警觉到人生是苦的修行生活也是苦）。把这三个层次放在人生的层面，则没有人能有真正、永远的快乐。

人生是苦也是无可如何的真实，这种观点并不表示佛教是悲观的，而表示佛教能彻见人生的实相。

面对人生的苦痛，佛陀提出解决的唯一道路是苦（人生的本质上苦）、集（爱欲相应是苦的聚集）、灭（要离苦就要灭掉爱欲的染着）、道（这是解脱人生之苦唯一的道路），这称为"四圣谛"，也可以说是修行者的四个真理。

## 烦恼中生出的菩提

接着，人生的实相是烦恼。

佛经里常说："人生有八万四千种烦恼"，也就是八万四千种尘劳，我们看到这个数目一定会心生惊吓，原来人生竟有这么多的烦恼，但这是指烦恼的种类。如果说到一个人一生所遇到的烦恼，那么，八万四千也只是个极小的数目了。

佛教因为这种种烦恼，也生出了八万四千种法门，每一个法门都是来对治烦恼的。

八万四千的数目是怎么来的呢？

原来，佛陀一代教化共有三百五十法门，每一法门各有六度（布施、持戒、忍辱、精进、禅定、智慧），就共有二千一百法门。这二千一百是各分为对治食欲、嗔恚、愚痴、等分（贪嗔痴平均的烦恼）四种，合为八千四百，乘以十，就是八万四千了。

八万四千其实也可以说是一个概数，是表示烦恼之多无量无极。但烦恼也可以大别为两种：一种是根本烦恼，就是能扰恼有情身心，使其颠倒的烦恼。一种是随烦恼，就是从根本烦恼的作用，产生反应的烦恼。

在"唯识"里，根本烦恼共分十种：贪、嗔、痴、慢、疑（以上五种是生活带来的烦恼）、身见、边见、邪见、见取见、戒禁取见（这五种是知识带来的烦恼）。

随烦恼共分二十种：忿、恨、恼、诳、谄、骄、覆、害、嫉、悭、无惭、无愧、不信、懈怠、放逸、昏沉、掉举、失念、不正知、散乱。

这里面值得注意的是五种知识带来的烦恼，也是现代人多于古代人的烦恼，"身见"是对于自己四大五蕴假合的身心以为实有，产生我执的烦恼；"边见"就是偏见，有的人执着自己的身体不灭的常见，有的人执着死去后一切都幻灭的断见，偏见曾给人带来烦恼；"邪见"就是认为没有因果，以及违背正道的见解；"见取见"是执持自己的身见、边见、邪见而与人斗争的迷执；"戒禁取见"则是随着诸种邪见而产生的戒律之烦恼。

这么多的烦恼，使我们的人生，不如意事常八九，小人物有小人物的烦恼，大人物有大人物的悲辛，都是不能避免的。佛陀告诉我们，人生里的烦恼既是不能避免，唯一的方法就是"化烦恼为菩提"，不但不被烦恼所障碍，反而转烦恼为菩提，使自己在烦恼中觉悟。

在烦恼里到觉醒，才是人生里烦恼的真义！


## 无限的开展

关于人生是有限的，我想，到了中年的人都可以清楚地感受，因为到了中年的人，至少都经验了人生的失败与人的死亡。人的死亡使我们知道了时间的有限，使我们"生年不满百，长怀千岁忧"，人的失败使我们知道了环境与空间、机会的有限，使我们"鸡声茅店月，人迹板桥霜"。

人生的有限，我们若从放大的观点来看，是无常的一种，是沧海一粟，而整个地球何尝不是有成、住、坏、空的过程呢？在《光明童子因缘经》之中说："星月可处地，山石可飞空，大海可令枯，佛语诚无妄。"星月、山石、大海是可变而有限的，何况是人呢？

当人体会到人生有限，往往有两种非常不同的反应，一是贡高我慢，认为自己能掌握人生，更进一步掌握别人的人生；一是自暴自弃，对人生感到无望，以致放弃了人生。

这两种都是错误的人生态度，对傲慢的人，《法句譬喻经》里说："若多少有闻，自大以骄人；是如盲执烛，照彼不自明。"在《华严经》里形容，这就像一只老鼠，它手里拿满了东西，就向别人表示自己能拿很多东西，这不是很可笑的事吗？

对于自暴自弃的人，《百喻经》里有一个很好的故事，是说有一个养牛的人共有二百五十头牛，有一天被老虎吃去了一头，那个养牛的人很伤心地说："我已经失去一头牛，已经不是全数，还要这些牛做什么？"然后把牛全部赶到悬崖，推到坑谷里，全部杀掉了。这不是很愚笨的行为吗？

因此，面对人生的有限，我们的态度应是不卑不亢，不忧不喜，坦然自在，佛教的目标是在教我们解脱人生的有限，从自我的佛性做无限的开展，唯有我们体证到壮大无畏的佛性，我们才能坦然面对有限的人生。

一般人要过佛教徒的修行生活自是非常困难，不过如果我们从人的立场来看，一个人若能常想：今天有没有比昨天有智慧？比昨天更慈悲？比昨天更自在？比昨天有更好的道德？比昨天更接近于心性的完美？这也就非常的不易了。

## 唯一的道路

人生，我们的人生，竟是这样在因缘中轮转！是这样容易堕落！是这样无常！是这样苦、这样烦恼、这样有限！

这是多么可怕的事，因此，我们对人生的改造，如果从外在、欲望、名利、世俗的成功开始，是非常靠不住的，唯有从心灵的改造，从寻找真我、觉醒佛性来改造，才是可靠的。

我们常说中国民族是"上下五千年，胸怀千万里"，胸怀千万里确是人生唯一的道路，当我们心胸完全开展、自性完全开悟，则因缘、堕落、无常、苦痛、烦恼、有限也都在我们的包容之中了。

一九八六年十月二日

# 飞入芒花

母亲蹲在厨房的大灶旁边，手里拿着柴刀，用力劈砍香蕉树多汁的草茎，然后把剁碎的小茎丢到灶中大锅，与馊水同熬，准备去喂猪。

我从大厅迈过后院，跑进厨房时正看到母亲额上的汗水反射着门口射进的微光，非常明亮。

"妈，给我两角钱。"我靠在厨房的木板门上说。

"走！走！走！没看到在没闲吗？"母亲头也没抬，继续做她的活儿。

"我只要两角钱。"我细声但坚定地说。

"要做什么？"母亲被我这异乎寻常的口气触动，终于看了我一眼。

"我要去买金唉。"金唉是三十年前乡下孩子唯一能吃到的糖，浑圆的，坚硬的糖球上面黏了一些糖粒。一角钱两粒。

"没有钱给你买金唉。"母亲用力地把柴刀剁下去。

"别人都有！为什么我们没有？"我怨愤地说。

"别人是别人，我们是我们，没有就是没有，别人做皇帝你怎么不去做皇帝！"母亲显然动了肝火，用力地剁香蕉块。柴刀砍在砧板上咚咚作响。

"做妈妈是怎么做的？连两角钱买金啖都没有？"

母亲不再作声，继续默默工作。

我那一天是吃了秤锤铁了心，冲口而出："不管，我一定要！"说着就用力踢厨房的门板。

母亲用尽力气，柴刀咔的一声站立在砧板上，顺手抄起一根生火的竹管，气急败坏地一言不发，劈头劈脑就打了下来。

我一转身，飞也似的蹦了出去，平常，我们一旦忤逆了母亲，只要一溜烟跑掉，她就不再追究，所以只要母亲一火，我们总是一口气跑出去。

那一天，母亲大概是气极了，并没有转头继续工作，反而快速地追了出来。我正奇怪的时候，发现母亲的速度异乎寻常的快，几乎像一阵风一样，我心里升起一种恐怖的感觉，想到脾气一向很好的母亲，这一次大概是真正生气了，万一被抓到一定会被狠狠打一顿。母亲很少打我们，但只要她动了手，必然会把我们打到讨饶为止。

边跑边想，我立即选择了那条火车路的小径，那是条附近比较复杂而难走的小路，整条都是枕木，铁轨还通过旗尾溪，悬空架在上面，我们天天都在这里玩耍，路径熟悉，通常母亲追我们的时候，我们就选这条路跑，母亲往往不会追来，而她也很少把气生到晚上，只要晚一点回家，让她担心一下，她气就消了，顶多也只是数落一顿。

那一天真是反常，母亲提着竹管，快步地跨过铁轨的枕木追过来，好像不追到我不肯罢休。我心里虽然害怕，却还是有恃无恐，因为我的身高已经长得快与母亲平行了，她即使用尽全力也追不上我，何况是在火车路上。

我边跑还边回头望母亲，母亲脸上的表情是冷漠而坚决的。我们一直维持着二十几米的距离。

"唉唷！"我跑过铁桥时，突然听到母亲惨叫一声，一回头，正好看到母亲扑跌在铁轨上面，噗的一声，显然跌得不轻。

我的第一个反应是：一定很痛！因为铁轨上铺的都是不规则的碎石子，我们这些小骨头跌倒都痛得半死，何况是妈妈？

我停下来，转身看母亲，她一时爬不起来，用力搓着膝盖，我看到鲜血从她的膝上流出，鲜红色的，非常鲜明。母亲咬着牙看我。

我不假思索地跑回去，跑到母亲身边，用力扶她站起，看到她腿上的伤势实在不轻，我跪下去说："妈，您打我吧！我错了。"

母亲把竹管用力地丢在地上，这时，我才看见她的泪从眼中急速地流出，然后她把我拉起，用力抱着我，我听到火车从很远很远的地方开过来。

我用力拥抱着母亲说："我以后不敢了。"

这是我小学二年级时的一幕，每次一想到母亲，那情景就立即回到我的心版，重新显影，我记忆中的母亲，那是她最生气的一次。其实，母亲是个很温和的人，她最不同的一点是，她从来不埋怨生活，很可能她心里也是埋怨的，但她嘴里从不说出，我这辈子也没听她说过一句粗野的话。

因此，母亲是比较倾向于沉默的，她不像一般乡下的妇人喋喋不休。这可能与她的教育和个性都有关系。在母亲的那个年代，她算是幸运的，因为受到初中的教育，日据时代的乡间能读到初中已算是知识分子了，何况是个女子。在我们那方圆几里内，母亲算是知识丰富的人，而且她写得一手娟秀的字，这一点是我小时候常引以为傲的。

我的基础教育都是来自母亲，很小的时候她就把《三字经》写在日历纸上让我背诵，并且教我习字。我如今写得一手好字就是受到她的影响，她常说："别人从你的字里就可以看出你的为人和性格了。"

早期的农村社会，一般孩子的教育都落在母亲的身上，因为孩子多，父亲光是养家已经没有余力教育孩子。我们很幸运的，有一位明理的、有知识的母亲。这一点，我的姊姊体会得更深刻，她考上大学的时候，母亲力排众议对父亲说："再苦也要让她把大学读完。"在二十年前的乡间，给女孩子去读大学是需要很大的决心与勇气的。

母亲的父亲——我的外祖父——在他居住的乡里是颇受敬重的士绅，日据时代在政府机构任职，又兼营农事，是典型耕读传家的知识分子。他连续拥有了八个男孩，晚年时才生下母亲，因此，母亲的童年与少女时代格外受到钟爱，我的八个舅舅时常开玩笑地说："我们八个兄弟合起来，还比不上你母亲的受宠爱。"

母亲嫁给父亲是"半自由恋爱"，由于祖父有一块田地在外祖父家旁，父亲常到那里去耕作，有时借故到外祖父家歇脚喝水，就与母亲相识，互相闲谈几句，生起一些情意。后来祖父央媒人去提亲，外祖父见父亲老实可靠，勤劳能负责任，就答应了。

父亲提起当年为了博取外祖父母和舅舅们的好感，时常挑着两百多斤的农作在母亲家前来回走过，才能顺利娶回母亲。

其实，父亲与母亲在身材上不是十分相配的，父亲是身高一米八的巨汉，母亲的身高只有一米五，相差达三十公分。我家有一幅他们的结婚照，母亲站着到父亲耳际，大家都觉得奇怪，问起来，才知道宽大的白纱礼服里放了一个圆凳子。

母亲是嫁到我们家才开始吃苦的，我们家的田原广大，食指浩繁，是当地少数的大家族。母亲嫁给父亲的头几年，大伯父二伯父相继过世，大伯母也随之去世，家外的事全由父亲撑持，家内的事则由二伯母和母亲负担，一家三十几口的衣食，加上养猪饲鸡，辛苦与忙碌可以想见。

我印象里还有几幕影像鲜明的静照，一幕是母亲以蓝底红花背巾背着我最小的弟弟，用力撑着猪栏要到猪圈里去洗刷猪的粪便。那时母亲连续生了我们六个兄弟姊妹，家事操劳，身体十分瘦弱。我小学一年级，么弟一岁，我常在母亲身边跟进跟出，那一次见她用力撑着跨过猪圈，我第一次体会到母亲的辛苦而落下泪来，如今那一条蓝底红花背巾的图案还时常浮现出来。

另一幕是，有时候家里缺乏青菜，母亲会牵着我的手，穿过家前的一片菅芒花，到番薯田里去采番薯叶，有时候则到溪畔野地去摘鸟莘菜或芋头的嫩茎。有一次母亲和我穿过芒花的时候，我发现她和新开的芒花一般高，芒花雪样的白，母亲的发墨一般的黑，真是非常的美。那时感觉到能让母亲牵着手，真是天下最幸福的事。

还有一幕是，大弟因小儿麻痹死去的时候，我们都忍不住大声哭泣，唯有母亲以双手掩面悲号，我完全看不见她的表情，只见到她的两道眉毛一直在那里抽动。依照习俗，死了孩子的父母在孩子出殡那天，要用拐杖击打棺木，以责备孩子的不孝，但是母亲坚持不用拐杖，她只是扶着弟弟的棺木，默默地流泪，母亲那时的样子，到现在在我心中还鲜明如昔。

还有一幕经常上演的，是父亲到外面去喝酒彻夜未归，如果是夏日的夜晚，母亲就会搬着藤椅坐在晒谷场说故事给我们听，讲虎姑婆，或者孙悟空，讲到孩子都撑不开眼睛而倒在地上睡着。

有一回，她说故事到一半，突然叫起来说："呀！真美。"我们回过头去，原来是我们家的狗互相追逐跑进前面那一片芒花，栖在芒花里无数的萤火虫哗然飞起，满天星星点点，衬着在月下波浪一样摇曳的芒花，真是美极了。美得让我们都呆住了。我再回头，看到那时才三十岁的母亲，脸上流露着欣悦的光泽，在星空下，我深深觉得母亲是多么的美丽，只有那时母亲的美才配得上满天的萤火。

于是那一夜，我们坐在母亲身侧，看萤火虫一一地飞入芒花，最后，只剩下一片宁静优雅的芒花轻轻摇动，父亲果然未归，远处的山头晨曦微微升起，萤火在芒花中消失。

我和母亲的因缘也不可思议，她生我的那天，父亲急急跑出去请产婆来接生，产婆还没有来的时候我就生出来了，是母亲拿起床头的剪刀亲手剪断我的脐带，使我顺利地投生到这个世界。

年幼的时候，我是最令母亲操心的一个，她为我的病弱不知道流了多少泪，在我得急病的时候，她抱着我跑十几里路去看医生，是常有的事。尤其在大弟死后，她对我的照顾更是无微不至，我今天能有很好的身体，是母亲在十几年间仔细调护的结果。

我的母亲是这个世界上无数的平凡人之一，却也是这个世界上无数伟大的母亲之一，她是那样传统，有着强大的韧力与耐力，才能从艰苦的农村生活过来，丝毫不怀忧怨恨。她们那一代的生活目标非常的单纯，只是顾着丈夫、照护儿女，几乎从没有想过自己的存在，在我的记忆中，母亲的忧病都是因我们而起，她的快乐也是因我们而起。

不久前，我回到乡下，看到旧家前的那一片芒花已经完全不见了，盖起一间一间的透天厝，现在那些芒花呢？仿佛都飞来开在母亲的头上，母亲的头发已经花白了，我想起母亲年轻时候走过芒花的黑发，不禁百感交集。尤其是父亲过世以后，母亲显得更孤单了，头发也更白了，这些，都是她把半生的青春拿来抚育我们的代价。

童年时代，陪伴母亲看萤火虫飞入芒花的星星点点，在时空无常的流变里也不再有了，只有当我望见母亲的白发时才想起这些，想起萤火虫如何从芒花中哗然飞起，想起母亲脸上突然绽放的光泽，想起在这广大的人间，我唯一的母亲。

一九八六年五月八日

# 水月河歌

带孩子坐小火车到淡水，去河口看夕阳。

这是我青年时代喜欢短程旅行的一条路，那时候总是一个人跳上小火车到淡水去，最好是下午时分，小火车通常是空荡荡的，给我一种愉悦的平安心情。

那时候到淡水的公车颠簸得厉害，而且要经过许多风沙的洗礼，坐火车是最好的交通工具。火车铁道的两岸，偶然可以见到水牛与白鹭鸶，放眼望去全是翠绿的稻田，时常令我想起南方的家乡，从台北到淡水就好像穿过一个美丽的传说。

到了淡水，从车站出来，我常跑到小镇的两家古董店里，那古董店被极厚的灰尘蒙住，仿佛从未清洗过，古董也堆积得乱七八糟，一般人走过也不会发现的，可是我常在里面盘桓半天，常常会找到一些令人惊喜的东西。

如果时间还早，顺便看附近几家卖竹器的小店，他们有精美的虾笼、草鞋、竹篮，价钱便宜。然后，从竹器店旁边永远泥泞的小巷穿进去就是淡水龙山寺了，那里有最安静的午后的阳光，独眼老妇泡来一壶很粗苦的老人茶，喝到完全没有味道时，正好读完一本诗集。

茶喝完后，以一种极为休闲的心情踱过古老的石板路，沿着依旧鲜明的老墙垣，先到鱼市去看鱼贩子叫卖鲜鱼，体会一下生活的艰辛，这时候看夕阳的时间大概就到了。

河口的地方通常泊着一些刻写着岁月风霜的小木舟，岸上有一些人立着钓鱼，注视着海面，钓鱼的人从七十多岁的老先生到七八岁的孩子都有，有的是阿公带着孩子。看他们站的姿势，大概可以知道他们是哪里人，外地来的人有点局促，淡水本地人则自在得近乎无为。

运气好的话，正好可以赶上从淡水开到八里的小渡轮，买了票，三三两两上船，在船上看巨大清澄的夕阳从遥远的海面落下，注意看，那海面是有间层的，靠近我们的地方是深蓝色，然后是浅蓝色、绿色，靠近夕阳的那一条线则是黄金色的。夕阳也有间层，靠海面的一端是深红色，中间橘色，上面是金色，夕阳外面是放着万道霞光的天空。

我一直认为淡江夕照是台湾最美的夕照，那是因为河海交接处非常辽阔干净，左面又有翠绿的观音山作屏障，而这里的夕阳也显得格外巨大，巨大到犹如就在身边。

看完夕阳，海面开始起夜风了，巷道里有一家著名的鱼丸汤，是由鲜嫩的鱼酱做成。热气蒸腾，人潮汹涌，喝完汤后，会觉得是人生至美的享受了。

这时不要去吃海鲜，因为如果吃了海鲜就"过度"了，过度则失去美感，应该在夜色升起之际赶搭小火车离开淡水，在离开的时候计划下一次的造访，于是，就在火车上，已经期待着下一次的淡江与夕照了。

我的青年时代有非常多的假日时光就是这样度过的，许多我喜欢的诗集也都在淡水龙山寺里读过一次。后来我结婚了，和妻子常去；有了孩子，在假日时候就带孩子去。我曾经无数次在黄昏时刻，突然造访淡水的夕阳。

雨天没有夕阳的时候也是好的，只是秩序要倒过来，先到河口去，看汹涌的蓝黑色的海水拍打海岸，看在云雾中缥缈的观音山，然后在寒气里走过泥泞的市场，去龙山寺去喝茶，像那样粗糙的茶叶我平常是不喝的，可是听着落在天井里的雨声，却能品到那茶的滋味无比。

我的孩子没有像我那么幸运，我第一次带他坐小火车到淡水的时候，龙山寺的茶摊早就被寺庙赶走了，内部已全部改装粉刷，好像一个臃肿的中年胖妇，努力涂满脂粉，却反而显露出庸俗的面貌，龙山寺的岁月随着美感，同时失落在充满腥味的市场里。

古董店的好古董全部被卖光了，看一下午也看不到一个惊喜。

竹器店里的东西再也不如以前精致了。

鱼市场里，海鲜一样多，可是有时候渔人把招潮蟹也捕来卖，招潮蟹一点也没有肉，是用来骗外地人的，可见得道德的低落。

最糟的是小火车所路经的两边，美景已经不再，大部分时候都弥漫着青灰色的烟尘，使人不敢大口呼吸的一种颜色。

河口的海岸上已经没有人垂钓，听说如果有人在河口边钓到大鱼已经是奇迹了，大部分鱼虾都因污染而死，不死的也往外海游去了，海面上是一片点点星星的浮油，散发着微微的臭气，在海上漂去又聚拥，好像永远不会消散的样子。

连夕阳照在海面的颜色都变了，光泽不再有任何的间层，只是黑黝黝的一片。

我的孩子很少有机会坐小火车，在火车上跑来跑去兴奋得不得了，到了河口的时候，他看海看山都痴了，他说，山好高，海好大，夕阳好美。

当他说："爸爸，大海好美。"说完赞美地叹了一口气，我也随他叹了一口气。我的孩子从来无法比较，因此他认为眼前就是最美的海了，所以叹气。我的叹气是，我永远也无法告诉孩子，我少年时代眼中所见到的同一个海口是多么美，那是他所不可能追想的。

河海的面相如此，我们差不多可以推想，那一条曾经有过辉煌人文史实的淡水，从最上游到最下游，几乎全被污染了，鱼虾固已死灭。我想，也没有人敢喝一口淡水河里的水了，一口，想必就能致命。

谁能想到，这种变化只是十几年的事呢？

有一位民意代表曾经在抨击淡水河川污染时，激动地希望主管污染的官员去喝一口淡水河的水，他并且说出他心底最低的希望，他说："我们不敢盼望淡水河有河清之日，但是我希望在两千年时有人敢跳下淡水河游泳，能做到这样，污染的防治就成功了。"他的心情我是可以理解的。

带孩子回台北的时候，天色已经全黑了，我回望淡水，想起少年时代的情怀与往事，都已经去远了，是镜花，也是水月，由于一条河的败坏，更感觉到那水月镜花是虚幻不实的。

　　那一切的水月河歌，虽曾真实存在过，却已默默流失，这就是无常。

　　无常是时空的必然进程，它迫使我们失去年轻的、珍贵的、戴着光环的岁月，那是可感叹遗憾的心情、是无可奈何的。可是，如果无常是因为人的疏忽而留下惨痛的教训，则是可痛恨和厌憎的。

　　"世界光如水月，身心皎若琉璃"，这个世界的水月不再光明剔透了，作为一个渺小的人，只有维持自心的清明，才能在这五浊的世间唱一首琉璃之歌吧！

　　我抱紧我的孩子，随火车摇摆，离开了淡水，失去了一个年轻时代的故梦。

一九八六年六月十日

# 猫空半日

坐在茶农张铭财家的祖厅兼客厅兼烘茶叶的茶坊里，我们喝着上好的铁观音，听着外面狂乱的风雨，黄昏蒙蒙，真让人感觉这一天像梦一样。

我们坐在这个临着悬崖的地势，有一个非常奇特的名字"猫空"，从门口望出去，站在家屋前那棵巨大的樟树，据说已有一百多年的历史了。

左近有两株长得极像莲雾的树，名字叫"香果"，在风雨中落了一地。风雨虽大，并且阵阵扑进窗隙，但房中的茶香比风雨更盛，那是昨夜烘焙好的一笼铁观音还在炉子上，冒着热气，铁观音特殊的沉厚之香，浓浓地从炉子上流出来。

"猫空，真是奇怪的名字！"我说。

张铭财听了笑着说："我也觉得奇怪，但如果你用闽南语发音就不怪了，空就是洞，这是猫洞。为什么叫猫洞呢？因为三面屏障，只留下一个小通口，让猫进出，所以叫猫洞。你看外面风雨这样大，其实不用担心，吹不进猫洞的。"

"怎么确定吹不进来呢？"

"因为，我们家在这里，从我祖父开始，已经住了快一百年了。"张铭财得意地说，"我家的地理是很棒的，从风水上说，我家的地方是美人座，对面的指南山背是铜镜台，这在风水上叫'美人对镜'。"

我们顺他的眼光望去，正看到指南山的翠绿向两边开展出去，中间隔着一条幽深的谷口。

张铭财是在猫空这间老厝出生的，他说他从四岁就开始到茶园去采茶了，和茶结下不解之缘。如今他家墙上挂着的满满的茶赛得来的奖状，是他三十多年努力的成绩。

我们翻开台湾茶叶的历史，找到"铁观音"的条目，上面这样写着：

> 相传"铁观音茶"名称之由来，系清乾隆年间，福建安溪魏氏在一观音寺的山岩发现一棵茶树，认为是观音菩萨所赐，几经移植繁殖，由于叶片厚重制成的茶叶色泽如铁，而称之为"铁观音"。清光绪二十二年（一八九六年）张乃妙、张乃乾兄弟由安溪携铁观音茶苗十二株在木栅樟湖（今指南里一带）种植，逐渐繁殖迄今，当地茶园面积达七十公顷，是全台正宗的铁观音茶产地。

张铭财正是张乃妙、张乃乾兄弟的后人，而在这一个山谷里，种铁观音维生的也都是姓张的，屈指一算，有近百年的历史。张铭财家最早的祖厅现在还屹立着，红瓦砖墙，十分优美，他说那是来自福建安溪先人亲手盖成的。

正言谈间，我们看外面的风势渐渐大起来，黄昏渐渐深了，想起立告辞，张铭财却说："再坐一下嘛，山里没什么好东西招待你们，只有茶，这茶是我妈妈一叶一叶摘的，是我炒的，我太太泡的，你们不喝光就走，真是太可惜了。"

我们只好把风雨暂时在心底封藏，真正用心地品起铁观音的滋味，这铁观音真是与我平常所喝的茶大有不同，可能是刚烘焙出来，也可能是主人的热情，使我们不仅喝出了那深厚的香醇，也品到了山香云气，再加上张太太冲茶的方法独特，这铁观音的香气直冲云霄，把我日常喜爱的冻顶与武夷远远抛在后面了。

在厚实的饭桌上喝茶，使我思及今天奇特的缘分。昨夜新闻刚发布了"佩姬"台风将在今天登陆的警报，清晨，一位疯狂的朋友打电话来说："到山上去喝茶，看风雨吧？"

"下午有台风呀！"

"台风晚上八点才登陆，紧张什么？"

"什么山呢？"

朋友说，在木栅指南山有一个开放的茶园，市农会在山上盖了一栋木造的现代建筑，临着高高的窗口，可以看到整个绿茸茸的山谷。"并且，那里有着上好的铁观音与包种茶，保证不虚此行。"

我们便沿着指南山路开始往山上开去，一入山，才发现这一整片山除了林木，就是茶园。茶园虽然没有什么变化，但只要想到它的芳香，那每片茶叶都美丽了起来。走过了樟山寺，"佩姬"的裙摆便开始浪漫地摇摆起来了。

一路上走走停停，绕过瓦厝、樟湖，时常有动人的视野出现。尤其到了樟湖的坳口附近，同时有三条彩虹出现，天上一道，山谷里也有两弯，在糅合着雨丝与阳光的午后，有一种出尘之美，朋友说："看到这三条彩虹，再大的风雨也值得了吧？"我只有默然同意。

等我们到达了传闻中美丽的建筑，才知道这栋外表全以红砖建造，内部由木头构成的楼房名称是"台北市铁观音、包种茶展示中心"，名字虽然俗气，内部倒是十分雅致，它背山面谷，一望无际，我想，在这样的地方喝茶，不管什么茶都会好上三分。

可惜福缘不够，这茶中心已经打烊了，我们虽然一再拜托，但中心的人因为要赶着下山，便不能招待我们了。这时走过来一位年轻帅气的青年，热情地说："你们要喝茶，请到我们家来吧！"

这位青年就是眼前的张铭财。

他把我们带回家的时候，他的母亲和妻子并不感到意外，那是因为他时常带人回家喝茶，在他家的前庭还盖了一个露天饮茶的石桌椅，可惜风太大，使我们不能在户外喝茶。

张铭财对他自己所种的茶叶有十足的信心，他说自己在茶树中长大，由于住在深山之中，对物质早已没什么欲望，他最大的理想是研究茶的品种与技术，希望能种出更好的茶来。

"做出更好的茶，实在是一个茶农小小的心愿呀！"他看着窗外，谈起了他回到茶乡的一些心情。

张铭财退伍的时候很可能在平地发展，但最后他还选择回到家乡，那是他找了一位贤淑的妻子，她为了鼓励他继续在茶方面发展，同意随他搬到山上，才使他更安心在山上种茶。他现在是木栅观光茶园的示范户，平时又在茶中心上班，生活过得非常惬意。

张太太说刚住到山上来有些不习惯，日子久了，习于山上平静的生活，也懒得下山了。他们有两个小孩，都是活泼可爱的，这样的风雨天里还在屋前的茶园玩耍，我想着：这会不会又是铁观音的新一代呢？

天色已暗，我们才有点不舍地告辞出来，张铭财的母亲赶紧跑进屋内，提一袋她早上才从竹笋田中挖来的竹笋，说："山里没有什么好招待你们，带点竹笋回去吧！"情不容辞，我摸摸竹笋，感觉到一种山上人家特有的温暖，这才是人的真实，只是我们久为红尘所扰，失去了这种真实吧！

回到家里，打开随手在茶展示中心拿的简介，上面有两段描述茶的味道的句子，很有意思："铁观音：形状半球紧结，冲泡之茶汤水色蜜绿澄清，香醇有独特之喉韵。""包种茶：形状条索整齐，冲泡之茶汤水色蜜黄澄清，甘怡有清雅之花香味。"

有时候，我们喝一壶茶，知道某种联想、某种韵律，是从生活的温暖与真实冲泡出来，那么不仅是茶，连人情世界都是蜜绿澄清，香醇甘怡独特的韵味了。

一九八六年七月二十八日

# 牡丹也者

温莎公爵夫人过世的那一天，正巧是台湾"故宫博物院"至善园展出牡丹的第一天。

真是令人感叹的巧合，温莎公爵夫人是本世纪最动人的爱情故事的主角，而牡丹恰是中国历史上被认为最动人的花。一百盆"花中之后"在春天的艳阳中开放，而一朵伟大的"爱情之花"却在和煦的微风中凋谢了。

我们赶着到外双溪去看牡丹，在人潮中的牡丹显得是多么脆弱呀！因为人群中蒸腾的浊气竟使它们提前凋谢了，保护牡丹的冰块被放置在花盆四周，平衡了人群的热气。

好不容易拨开人群，冲到牡丹面前，许多人都会发出一声叹息：终于看到了一直向往着的牡丹花！接下来则未免快快：牡丹花也像是芙蓉花、大理菊一样，不过如此，真是一见不如百闻呀！在回程的路上，不免兴起一些感慨，我们心中所存在的一些美好的想象，有时候禁不起真实的面对，这种面对碎裂了我们的美好与想象。

我不是这一次才见到牡丹的，记得两年前在日本旅行，朋友约我到东京郊外看牡丹花展，那一夜差一点令我在劳顿的旅次中也为之失眠，心里一直梦想着从唐朝以来一再点燃诗人艺术家美感经验的帝王之花的姿容。自然，我对牡丹不是那么陌生的，我曾在无数的扇面、册页、巨作中见过画家最细腻翔实的描绘，也在无数的诗歌里看到那红艳凝香的侧影，可是如今要去看活生生地开放着的牡丹花，心潮也不免为之荡漾。

在日本看到牡丹的那一刻，可以说是失望的，那种失望并不是因为牡丹不美，牡丹还是不愧为帝王之花、花中之后的称号，有非常之美，但是距离我们心灵所期待的美丽还是不及的。而且，牡丹一直是中国人富贵与吉祥的象征，富贵与吉祥虽好，多少却带着俗气。

看完牡丹，我在日本花园的宁静池畔坐下，陷进了沉思：是我出了问题？还是牡丹出了问题？为什么人人说美的牡丹，在我的眼中也不过是普通的花呢？

牡丹还是牡丹，唐朝在长安是如此，现代在东京也仍然如此，问题是出在我自己身上，因为历史上我所喜爱的诗人、画家，透过他们的笔才使我在印象里为牡丹铸造了一幅过度美丽的图像，也因为我生长在台湾，无缘见识牡丹，把自己的乡愁也加倍地放在牡丹艳红的花瓣上。

假如牡丹从来没有经过歌颂，我会怎样看牡丹呢？

假如我家的院子里，也种了几株牡丹呢？

我想，牡丹也将如我所种的菊花、玫瑰、水仙一样，只是美丽,还可以欣赏的一种花吧!

我怀着落寞的心情离开了日本的花园,在参天的松树林间感觉到一种看花从未有过的寂寞。

唯一使我深受震动的,是在花园的说明书里,我看到那最美的几种牡丹是中国的品种,是在唐宋以后陆续传种到日本的。在春天的时候,日本到处都开着中国牡丹,反倒是居住在中国南方的汉人有一些终生未能与牡丹谋上一面。

花园边零售的摊位上,有贩卖牡丹种子的小贩,种子以小袋包装,我的日本朋友一直鼓舞我买一些种子回台湾播种,我挑了几品中国的种子回来,却没有一粒种子在我的花盆中生芽。

这一次在"故宫"至善园看牡丹花展,识得牡丹的朋友却告诉我说:"这些牡丹是日本种,从日本引进种植成功的。"

"日本种不就是中国种吗?"我问。

"最原始的品种当然还是中国种,可是日本人非常重视牡丹,他们改良了品种,增加了花色,中国种比较起来就有一些逊色了。"

这倒真是始料未及的事,日本人以中国的品种为好,我们倒以日本的品种为好了。那些无知的牡丹,几乎不知道自己是哪里的品种,只要控制了气温与环境,它就欣悦地开放。对于中国的牡丹,这一段奇异的路真是不可知的旅程呀!

日本看牡丹,台北看牡丹,有一种心情是相同的,即是牡丹虽好,有种种不同的高贵的名字,也只是一种花而已。要说花,我们自己亲手所种植,长在普通花泥花盆里的花,才是最值得珍惜的,虽无掀天身价,到底是我们自己的花。

从至善园回来,我在阳台上浇花,看到自己种的一盆麒麟草，因为春光，在尾端开出一些淡红的小花，一点也不稀奇，摆在路上也不会引人驻足，但它真是美，比我所看见的牡丹毫不逊色。因为在那么小的花里，有我们的心血，有我们的关怀，以及我们的爱。

温莎公爵与夫人也是如此，一宗曾使全世界的恋人为之落泪动容的爱情，从我们年幼的时候，就飘荡在我们的胸腔之中，然后我们立下了这样的志向：如果我右手有江山，左手有美人，我也要放下右手的江山来拥抱左手的美人。

可是志向只是志向，我们不可能同时拥有江山与美人，要是有，可能也放不下，连一代枭雄拿破仑都办不到，他的境界只留在"醉卧美人膝，醒掌天下权"的境界。

一般人为爱情作小小的牺牲都难以办到，何况是舍弃江山去追求爱情呢？

试想当年，风度翩翩的韦尔斯王子，准备继承他父亲乔治五世的王位成为爱德华八世，加上他容貌出众，干练而有理想，是那个时代全世界最受少女仰慕的王子，以他的风采与地位，要找一位最美丽、最杰出、最聪明的妻子，简直是易如反掌。

他应该拥有最好、最美的一朵牡丹，这也是全英国的期望。

可是他喜欢的不是牡丹。

他爱上了一个离过婚的有夫之妇——辛普森夫人。

辛普森夫人本名华丽丝，当年三十四岁，是伦敦商人艾奈斯特的太太，既不年轻也不貌美，既不富裕又没有受过良好教育，她的身体也不健康，胃病时时发作。在一九三〇年代英国人民的眼中，辛普森夫人简直一无是处，偏偏他们的国王爱上了这个女子。

那种心情是可以想见的，就如同我们有一园子盛开的牡丹，请朋友来观赏，朋友在园子里绕了半天却说：花园角落那一株紫色的酢浆草开得真是美。

华丽丝就像那株紫色酢浆草，而且还不是初开的，已经是第三次开放。

后来，爱德华八世如何为了华丽丝，不惜与首相闹翻，放弃江山，是大家都知道的故事，也成为这个冷漠无情的世纪里，一个真实动人的爱情典范。

我并不想评述这段爱情，我有兴趣的是，人人都说牡丹好，如果我们觉得牡丹的美不如朱槿花，为什么不勇敢地说出来呢？或者说当我们面对爱情的试炼之时，是不是能打开一切条件的外貌，去触及真实本然的面目呢？是不是能把物质的一切放在一边，做心灵真正的面对呢？

这个世界，许多女人都拥有钻石、珠宝、貂皮大衣，但是真正觉得钻石、珠宝、貂皮大衣美丽的女人极少，绝大部分是只知道它的价钱。

我们在钻石的光芒中找到的美不一定是纯粹的美，我们在海边无意拾获的贝壳之美才是纯粹的美。我们在标价百万的兰花上看到的美不一定是真实的美，我们在路边无意中看见的油菜花随风翻飞才是真实的美。

爱与牡丹也是如此。

爱德华八世和辛普森夫人的爱不一定是纯粹与真实的美，只有还原到戴维与华丽丝，才有了纯粹与真实之美。

牡丹如果是放在花盆里用冰块冰着，供给众人瞥看一眼，不是真美，只有它还原到大地上，与众花同在，从土地生发，才是真美。

我们不必欣羡爱德华与辛普森夫人，我们只要珍惜自己拥有的小小的爱就够了，我们的爱虽平凡渺小，即使有人送我江山，也是不可更换的。爱之伟大无如我者，小小江山何足道哉！

我们也不必欣羡牡丹，我们只要宝爱自己所拥有的菊花、玫瑰、蔷薇、茉莉，乃至鸡冠花、鸡屎菊也就是了。在这个大地上，繁花锦绣无不是美，我对美的见识如此壮大，小小牡丹何足道哉！

把帝王之花还给帝王。

把花中之后还给皇后。

我只把最真实、最纯朴、最能与我的美感或爱情相呼吸的留给我自己，我自己就是江山，我自己就是一个具足的宇宙。

一九八六年六月一日

卷二　曼陀罗

# 清净之莲

　　偶尔在人行道上散步，忽然看到从街道延伸出去，在极远极远的地方，一轮夕阳正挂在街的尽头，这时我会想：如此美丽的夕阳，实在是预示了一天即将落幕。

　　偶尔在某一条路上，见到木棉花叶落尽的枯枝，深褐色的、孤独地站在街边，有一种萧索的姿势，这时我会想：木棉又落了，人生看美丽木棉花的开放能有几回呢？

　　偶尔在路旁的咖啡座，看绿灯亮起，一位衣着朴素的老妇，牵着衣饰绚如春花的小孙女，匆匆地横过马路，这时我会想：那个老妇曾经是花一般美丽的少女，而那少女则有一天会成为牵着孙女的老妇。

　　偶尔在路上的行人天桥站住，俯视着在天桥下川流不息，往四面八方奔窜的车流，却感觉那样的奔驰仿佛是一个静止的画面，这时我会想：到底哪里是起点？而何处才是终站呢？

　　偶尔回到家里，打开水龙头要洗手，看到喷涌而出的清水，急促地流淌，突然使我站在那里，有了深深的颤动，这时我想着：水龙头流出来的好像不是水，而是时间、心情，或者是一种思绪。

偶尔在乡间小道上，发现了一株被人遗忘的蝴蝶花，形状像极了凤凰花，却比凤凰花更典雅，我倾身闻着花香的时候，一朵蝴蝶花突然飘落下来，让我大吃一惊，这时我会想：这花是蝴蝶的幻影，或者蝴蝶是花的前身呢？

偶尔在静寂的夜里，听到邻人饲养的猫在屋顶上为情欲追逐，互相惨烈地嘶叫，让人的寒毛全部为之竖立，这时我会想：动物的情欲是如此的粗糙，但如果我们站在比较细腻的高点来回观人类，人不也是那样粗糙的动物吗？

偶尔在山中的小池塘里，见到一朵红色的睡莲，从泥沼的浅地中昂然抽出，开出了一个美丽的音符，仿佛无视于外围的染着，这时我会想：呀！呀！究竟要怎样的历练，我们才能像这一朵清净之莲呢？

偶尔……

偶尔我们也是和别人相同地生活着，可是我们让自己的心平静如无波之湖，我们就能以明朗清澈的心情来照见这个无边的、复杂的世界，在一切的优美、败坏、清明、污浊之中都找到智慧。我们如果是有智慧的人，一切烦恼都会带来觉悟，而一切小事都能使我们感知它的意义与价值。

在人间寻求智慧也不是那样难的，最要紧的是，使我们自己有柔软的心，柔软到我们看到一朵花中的一片花瓣落下，都动容颤抖，知悉它的意义。

唯其柔软，我们才能敏感；唯其柔软，我们才能包容；唯其柔软，我们才能精致；也唯其柔软，我们才能超拔自我，在受伤的时候甚至能包容我们的伤口。

　　柔软心是大悲心的芽苗，柔软心也是菩提心的种子，柔软心是我们在俗世中生活，还能时时感知自我清明的泉源。

　　那最美的花瓣是柔软的，那最绿的草原是柔软的，那最广大的海是柔软的，那无边的天空是柔软的，那在天空自在飞翔的云，最是柔软！

　　我们心的柔软，可以比花瓣更美，比草原更绿，比海洋更广，比天空更无边，比云还要自在。柔软是最有力量的，也是最恒常的。

　　且让我们在卑湿污泥的人间，开出柔软清净的智慧之莲吧！

# 梅 香

一个有钱的富人，正在家院的花园里赏梅花。

那是冬日寒冷的清晨，艳红的梅花正以最美丽的姿容吐露，富人颇为自己的花园里能开出这样美丽的梅花，感到无比的快慰。

突然，门外传来敲门的声音，富人去开了门，发现一个衣衫褴褛的乞丐，在寒风里冻得直打抖，那乞丐已在这开满梅花的园外冻了一夜，他说："先生，行行好，可不可以给我一点东西吃？"

富人请乞丐在园门口稍稍等候，转身进入厨房，端来一碗热腾腾的饭菜，他布施给乞丐的时候，乞丐忽然说："先生，您家里的梅花，真是非常芳香呀！"说完了，转身走了出去。

富人呆立在那里，感到非常震惊，他震惊的是，穷人也会赏梅花吗？

这是自己从来不知道的。另一个震惊的是，花园里种了几十年的梅花，为什么自己从来没有闻过梅花的芳香呢？

于是，他小心翼翼地，以一种庄严的心情，深怕惊动梅香似的悄悄走近梅花，他终于闻到了梅花那含蓄的、清澈的、澄明无比的芬芳，然后他濡湿了眼睛，流下了感动的泪水，为了自己第一次闻到了梅花的芳香。

是的，乞丐也能赏梅花，乞丐也能闻到梅花的香气，有的乞丐甚至在极饥饿的情况下，还能闻到梅花清明的气息。

可见得，好的物质条件不一定能使人成为有品位的人，而坏的物质条件也不会遮蔽人精神的清明，一个人没有钱是值得同情的，一个人一生都不知道梅花的香气一样值得悲悯。

一个人的质量其实与梅香相似，是无形的，是一种气息，我们如果光是赏花的外形，就很难知道梅花有极淡的清香；我们如果不能细心地体贴，也难以品味到一个人隐在外表内部人格的香气。

最可叹惜的是，很少有人能回观自我，品赏自己心灵的梅香，大部分人空过了一生，也没有体会到隐藏在心灵内部极幽微，但极清澈的自性的芳香。

能闻梅香的乞丐也是富有的人。

现在，让我们一起以一种庄严的心情，走到心灵的花园，放下一切的缠缚，狂心都歇，观闻从我们自性中流露的梅香吧！

# 一　尘

有一个比丘在森林里的莲花池畔散步，他闻到了莲花的香味，心想如果能常闻莲花的香味，不知道有多好，心里起了贪着。莲花池的池神就现身对他说："你为什么不在树下坐禅，而跑到这里来偷我的花香呢？你贪着香味，心中就会起烦恼，得不到自在。"说完，就消失了。

比丘心里感到十分惭愧，正想继续回去禅坐，这时，来了一个人，他走到莲花池里玩耍，用手把莲花的叶子折断，连根拔起，并且把一池莲花弄得乱七八糟，弄完，那人就走了。

池神不但没有现身，连一声都不吭。

比丘感到很奇怪，问池神说："那个人把你的莲花弄得一团糟，你怎么不管？我只是在你的池畔散步，闻了你的花香，你就责备我，这是什么道理呢？"

池神回答说："世间的恶人，他们满身都是罪垢，即使头上再弄脏一点，他的脏还是一样的，所以我不想管。你是修净行修禅定的人，贪着花香恐怕会破坏你的修行，所以我才责备你。这就譬如白布上有一个小污点，大家都看得见；那些恶人，好比黑衣，再加上几个黑点，自己也是看不见的。"

这个故事出自佛经，想起来令人动容，我们每个人走在街上，都可以感受到把一池莲花弄得乱七八糟的景况，而我们不能感受到那些败坏，却是最可悲的，当我们在为恶的时候、坏念头生起的时候、处在败坏的环境的时候还没有醒觉、不能觉悟，是人生中至可悲叹的事。

就像没有眼睛的人，他是完全看不见的，这种黑暗与处在暗室里的好眼睛的人，所看见的黑暗并没有不同，但是好眼睛的人不是看不见，而是看见的都是黑暗。在光明里，瞎眼的人需要的是眼睛；在黑暗中，眼明的人需要的是灯光。

我们要随时点一盏心灯，才不至于像一个目盲的人。

一个人怎么样使自己的心性澄明，能见到其中的污点是非常重要的，因为只有这样才能不断地清洗与修补，一步一步往光明的方向走，否则，当我们折拔莲花时都能心无所感，那表示心里早就没有莲花，而是一片污泥了。

《楞严经》里说：

> 若不识知心目所在，则不能得降伏尘劳。譬如国王，为贼所侵，发兵讨除，是兵当知贼所在，使汝流转，心目为咎。

——譬如一个国王，要用兵剿匪，如果不知道匪在什么地

161

方，如何去剿灭他们呢？如果一个人不知道自己的污点与过错，要如何去除污点呢？让我们不要做把莲花池弄得乱七八糟而不自知的人，让我们做一个因贪闻花香而感到惭愧的人吧！

让我们不要做染上污点完全看不出来的黑衣，让我们做任何小污点都让我们醒目的白布吧！

在照进窗隙强烈的阳光里面，我们可以看见虚空中飞扬的尘埃，那些尘埃粒粒分明，但无法破坏光线的本质。在黑暗中，我们完全见不到尘埃，尘埃就一层层地增加，使我们陷入更深的黑暗。

对于我们所生的恶念，一尘也不要放过，才能使我们有一天能一尘不染，一尘不染不是不再有尘埃，而是尘埃让它飞扬，我自做我的阳光。

模糊了、污染了、歪斜了的镜子里所照出的最美丽的玫瑰花，也像是污秽的东西呀！

# 雪的面目

在赤道，一位小学老师努力地给儿童说明"雪"的形态，但不管他怎么说，儿童也不能明白。

老师说：雪是纯白的东西。

儿童就猜测：雪是像盐一样。

老师说：雪是冷的东西。

儿童就猜测：雪是像冰淇淋一样。

老师说：雪是粗粗的东西。

儿童就猜测：雪是像沙子一样。

老师始终不能告诉孩子雪是什么，最后，他考试的时候，出了"雪"的题目，结果有几个儿童这样回答："雪是淡黄色，味道又冷又咸的沙。"

这个故事使我们知道，有一些事物的真相，用言语是无法表白的，对于没有看过雪的人，我们很难让他知道雪，像雪这种可看的、有形象的事物都无法明明白白地讲，那么，对于无声无色、没有形象、不可捕捉的心念，如何能够清楚地表达呢?

我们要知道雪，只有自己到有雪的国度。

我们要听黄莺的歌声，就要坐到有黄莺的树下。

我们要闻夜来香的清气，只有夜晚走到有花的庭院。

那些写着最热烈优美的情书的，不一定是最爱我们的人；那些陪我们喝酒吃肉搭肩拍胸的，不一定是真朋友；那些嘴里说着仁义道德的，不一定有人格的馨香；那些签了约的字据呀，也有背弃与撕毁的时候!

这个世界最美好的事物，都是语言文字难以形容与表现的。

那么，让我们保持适度的沉默吧! 在人群中，静观谛听; 在独处的时候，保持灵敏。

就像我们站在雪中，什么也不必说，就知道雪了。

在雪中清醒的孤独，总比在人群中热闹的寂寞与迷惑要好些。

雪，冷而清明，纯净优美，念念不住，在某一个层次上，像极了我们的心。

# 木炭与沉香

有一位年老的富翁，非常担心他从小娇惯的儿子，虽然他有庞大财产，却害怕遗留给儿子反而带来祸害。他想，与其将财产留给孩子，还不如教他自己去奋斗。

他把儿子叫来，对儿子说了他如何白手成家，经过艰苦的考验才有今天，他的故事感动了这位从未走出远门的青年，激发了奋斗的勇气，于是他发誓：如果不找到宝物绝不返乡。

青年打造了一艘坚固的大船，在亲友的欢送中出海，他驾船渡过了险恶的风浪，经过无数的岛屿，最后在热带雨林中找到一种树木。这树木高达十余米，在一片大雨林中只有一两株，砍下这种树木，经过一年时间让外皮朽栏，留下木心沉黑的部分，会散发一种无比的香气，放在水中不像别的树木浮在水面而会沉到水底去。青年心想：这真是无比的宝物呀！

青年把香味无以比拟的树木运到市场出售，可是没有人来买他的树木，使他非常烦恼。偏偏在青年隔壁的摊位上有人在卖木炭，那小贩的木炭总是很快就卖光了。刚开始的时候青年还不为所动，日子一天天过去，终于使他的信心动摇，他想："既然木炭这么好卖，为什么我不把香树变成木炭来卖呢？"

第二天，他果然把香木烧成木炭，挑到市场，一天就卖光了。青年非常高兴自己能改变心意，得意地回家告诉他的老父，老父听了，忍不住落下泪来。

原来，青年烧成木炭的香木，正是这个世界上最珍贵的树木"沉香"，只要切下一块磨成粉屑，价值就超过了一车的木炭。

这是佛经里释迦牟尼说的一个故事，他告诉我们两个智慧：一是许多人手里有沉香，却不知它的珍贵，反而羡慕别人手中的木炭，最后竟丢弃了自己的珍宝。二是许多人虽知道希圣希贤是伟大的心愿，一开始也有成圣成贤的气概，但看到做凡夫俗子最容易、最不费功夫，最后他就出卖了自己尊贵的志愿，沦落成为凡夫俗子了。

人生的缺憾，最大的就是和别人比较，和高人比较使我们自卑；和俗人比较，使我们下流；和下人比较，使我们骄满。外来的比较是我们心灵动荡不能自在的来源，也使得大部分的人都迷失了自我，障蔽自己心灵原有的氤氲馨香。

因此，佛陀说：一个人战胜一千个敌人一千次，远不及他战胜自己一次！

# 跑龙套的时代

遇到一位在平剧学校教书的老师，他说："所有舞台上的大明星都是从跑龙套开始的，可惜，到后来他们都忘了跑龙套的日子，以为自己是天生的明星。"

他又说："在舞台上，主角总是最少的，大部分的人都在跑龙套。我们的实际人生何尝不是这样呢？人人都在跑龙套，那真正的主角只有一两位。"

关于龙套，他还有一个心得："凡是当主角的人，都是在跑龙套时聚精会神，努力跑龙套的人。那些跑龙套时随随便便的人，你几乎可以确定地说：这个人永远不可能当主角的。"

"跑龙套跑久了，确实会令一个有可能造就的人堕落，但那些后来出头的人就是长期跑龙套也不会堕落的。"

听了这一大套龙套的哲学，真是给人带来极大的启示，所谓"戏台有人生"正是如此，其实生在这个时代，也可以说是"龙套的时代"，因为真正的主角确实很少，而大部分的主角也不是绝对的主角，时迁势移之后，主角可能再变成为龙套，甚至有的连戏台也上不去了。

从更大的层面来说，戏台上的主角何尝不也是时间与环境造就出来的龙套呢？能看透这一点，才是探触到"这是跑龙套的时代"的本质所在。

例如，最近社会上有两起极受重视的换角事件，一是某汽车公司的总经理临时被阵前换将，使得这位人人敬佩的经营家失去了自己的舞台；一是某大家电业者的"家变"，曾经冲锋陷阵，被视为家族中最有才华的总经理，被家族斗出舞台之外，失去了舞台。

舞台的失去是对长期做主角的人最严重的打击，因此，我们看到这两位大众人物黯然落泪离开岗位的情景。从这里，一般人可以领悟到：世间没有永远提供自己演出的舞台，项羽在乌江失去了舞台，但刘邦何尝有过动人的演出呢？

大人物有大舞台，但也演出较大的悲剧；小人物只有小舞台，演出一些较小的悲剧，这是人生的真情实景，往往在戏的最高潮，就要等待落幕了。

在人生里跑龙套实是无可如何的事，但我们是龙套人物也无妨，只要跑时聚精会神，不因为人微言轻台词少而堕落，也就够了。万一运气来了，总也有熬成主角的一天。

熬成主角的时候，千万不要忘了过跑龙套的日子，要知道再辉煌的戏码也会过去，这样，不管是当主角、跑龙套，甚至失去了舞台，都会坦然自在。

一个人要当自己的主角，只有在看清楚整个舞台的流变时才有可能，你看，那舞台上扮皇帝、扮乞丐的不是同一个人吗？他不是一样演得很起劲吗？

# 平凡最难

与几位演员在一起，谈到演戏的心得。

有一位说："我喜欢演冲突性强的人物，生命有高低潮的。"另一位说："怪不得你演流氓演得好，演教师就不像样了。"

还有一位说："每次演悲剧就感觉自己能完全投入，演得真是悲惨，可是演喜剧就进不去，喜剧的表演真是比悲剧难呀！"

另外一位这样搭腔："那是由于在本质上，人生是个悲剧，真实的痛苦很多，真实的快乐却很少。"

大家七嘴八舌地讲自己对演出与人生的看法，却得到了两个根本的结论，一是不管电影、电视或舞台，演流氓、妓女、失败者、邪恶者、落拓者总是容易一些，也可以演得传神，那是因为大家对坏的形象有一种共同的认知；可是对善良的、乐观的人生却没有共同的标准。二是全世界最难演出的人，就是那些平顺着过日子，没有什么冲突的人，像教师、公务员、小职员、家庭主妇，因为他们的一生仿佛一开始就是那个样子，结束也就是那个

170

样子了。

一个演员感慨地说："平凡是最难演的呀！"

我们如果把这句话稍做转换，可以变成是："平凡是最难的呀！"或者说"安于平凡是最难的呀！"尤其是当一个人可以选择轰轰烈烈地过日子时，他却选择了平凡；当一个人只要动念就可能获名求利满足欲望时，他却选择了平凡；当一个人位高权尊力能扛鼎时，他毅然选择了平凡。

最难得的是，一个人在多么不平凡的情况下，还有平凡之心，知道如何走进平凡人的世界，知道这世界原是平凡者所构成，自己的不平凡是多数人安于平凡所造成的结果。

平凡也者，就是平顺、安常、知足，平凡人的一生就是平安知足的一生。一个社会格局的开创固然需要很多不凡人物的创造，但一个社会能否持久安定维持文化的尊严与品格，则需要许多平凡人的默默奉献与牺牲。

每个人青年时代的立志，多是要做顶天立地的大丈夫，要做叱咤风云的大人物，可是到了后来才发现，其实自己也不过是社会里平凡的一分子，没有几个能成为真正的大英雄大豪杰。但我们从更大的角度看，那些自命为大人物者，何尝不也是宇宙的一粒沙尘呢？

这并不是说我们不要立大志，而是当我们往大的志向走去时，不管成功或失败，都要知道"平凡最难"！

平凡不只是演员在戏台上最难扮演，在实际人生里也是最难的一种演出。

# 宝 贝

有一位中医师告诉我，有三样现代人正在失去的宝贝。

是什么呢？

"就是流汗、放屁、打喷嚏！"

这算什么宝贝呢？

他说："你不要小看这三样东西，一个人如果会流汗，他就不会得到风湿症；如果会放屁，肠胃内脏都不容易有毛病；如果打喷嚏，就能敏感到季节的变化，感冒寒热等症就不会侵袭他了。"

原来流汗、放屁、打喷嚏这么有用，但是，现代人不是和古代人一样吗？为什么就正在失去呢？

"现代人夏天有冷气，在家里睡觉有冷气，出门坐车有冷气，办公室有冷气，甚至吃饭、运动有冷气，有冷气就不会出汗，所有坏东西都积在里面，时间一久，什么毛病都来了。现代人吃的食物太精致，大鱼大肉吃得太多，蔬菜纤维吃得太少，长期吃下来，连屁都不会放了，不放屁，肠胃脾都会坏掉。至于打喷嚏嘛，现代人夏天吹的冷气太冷，冬天穿得太暖，时间一久，失去了对环境感受的能力，连喷嚏也不会打了，所以节气一变，感冒生病的人总是成千上万。"

这位中医的话真是蛮有道理，他还告诉我，中国医学的传统很注意这三样宝贝，像感冒的人蒙被睡觉出一头大汗，确有奇效；像受了寒，熬一碗姜汤，放几个屁，什么胃寒体寒马上痊愈；像一打喷嚏要立即关窗加衣的传统常识……

"其实，道理说来非常简单，一个人能随时把体内的坏东西排掉，保持在良好的状态下，身体当然就没有毛病了。所以，连拉肚子、呕吐，有时都不是坏事呢！"

中医的话很值得现代人深思，对应放屁、流汗、打喷嚏，在心理上也有三样东西，就是贪心、嗔恨、愚痴，贪心会使我们成为不自在的人，一个人如果不满足、不快乐、不自在，身体再健康，活得也不痛快。

贪、嗔、痴与汗、屁、嚏是一样的东西，所以放掉贪心，流失嗔恨，打掉愚痴，是我们心灵上的三样宝贝。

要做一个身心完全健康的人并不太难，第一步，就是把身体和心里的坏东西、坏念头通通流、放、打到体外，先回到一个纯净的自我，这时，追求健康并不是很困难的。

在佛教的《医经》里，佛陀曾说：

> 人得病有十因缘。一者，久坐不饭；二者，食无贷；三者，忧愁；四者，疲极；五者，淫泆；六者，嗔恚；七者，忍大便；八者，忍小便；九者，制上风；十者，制下

风。从是十因缘生病。

食无贷就是吃得太饱，制上风就是不打嗝、打喷嚏，制下风就是不放屁。

病的十因缘里说的无非是把坏的事物排出舒解，维持生理与心理的清净，才是健康的根本。可惜现代人不论好坏都往自己身体内塞，好的不肯给人，恶的不肯排放，身心的健康才逐渐成为一种难以企及的渴求呀！

# 爱　语

读《大般若波罗蜜多经》，讲到了菩萨的"四摄"，非常令人感动。

什么是"四摄"呢？就是布施、爱语、利行、同事四种摄受一切有情，令有情众生起亲爱之心，然后得闻正法的方法。四摄与"慈悲喜舍"四无量心，和"布施、持戒、忍辱、精进、禅定、智慧"六波罗蜜，都是菩萨行的重要方法。但是四无量心和六波罗蜜都有止恶、行善、自净、利他四种意义，是自利利他的，唯独四摄是纯粹的利他。

其中特别令人动容的是"爱语"，由于我们在这污浊的人间，每天都在忍受种种不优美、不纯净的语言，所以爱语显得特别重要。

什么是"爱语"呢？《瑜伽师地论》里说：

云何菩萨自性爱语？谓菩萨于诸有情，常常宣说悦可意语、谛语、法语、引摄义语，当知是名略说菩萨爱语自性。

云何菩萨一切爱语？谓此爱语略有三种，一者菩萨设慰喻语，由此语故，菩萨恒时对诸有情，远离颦蹙，先发善言。舒颜平视，含笑为先……以是相等慰问有情。二者菩萨设庆悦语，由此语故，菩萨见有情妻子眷属财谷其所昌盛而不自知，如应觉悟以申庆悦，或知信戒闻舍慧增亦复庆悦。三者菩萨设胜益语，由此语故，菩萨宣说一切种德圆满法教相应之语，利益安乐一切有情。

我们用白话来说，就是菩萨对一切有情众生，常用欢喜的言辞说令人欢喜的话、真实的话、正法的话、引导进入道理的话，这是爱语的性质。

菩萨所用的爱语有三种：一种是安慰晓喻语，以和颜悦色，不愁眉苦脸来安慰众生，使众生心安而明义理；二是欢喜庆祝语，凡看到人家妻贤子孝、衣食丰足，或看到人家在正法上有所得，都能欢喜地庆祝；三是殊胜利益语，是说菩萨的语言永远和义理、正法圆融相应，使一切有情众生听了能有利益而得安乐。

爱语，是我们现代社会普遍冷漠的一帖良药，有时我们一整天没有说过一句爱语，同样一整天没听过一句爱语，我们听到的如果不是言不及义的话，就是妄语、恶口、两舌、绮语，常常觉得难以消受。

有一次，我到"区公所"排队办事，排了老半天，看到办事的小姐一直紧绷着脸，从没有对一个人和颜悦色、好言相向，当然每一个人面对她时，无不是胆战心惊、小心翼翼，使我想到，像这样的小姐，她活着是多么孤单而痛苦啊！她脸上和心上的每一条筋肉都因冷酷而僵硬了。

如果有一天她从迷执中醒来，用爱语来帮助排队办事的人，她不就是菩萨了吗？因为爱语就是布施，就是利行，就是同事，是一切菩萨的立足之处。

来果禅师说："恶口一言，角长头上；伤人一语，尾生臀际。"是警策之语，更进一步的，应是仁者口中无恶言，也就是爱语。《佛地经》里说四无量心，"慈是无瞋""悲是不害""喜是庆悦""舍是平等"，爱语在本质上就包含了四种无可限量的心行，因为只有无瞋、不害、庆悦、平等的人才说得出爱语；也只有常说爱语的人才能庄严清净、常怀欢喜、心胸明朗，不被一切的烦恼所恼害，不为一切外境所摇动。

在这个社会，只要人人肯一天说几次爱语，就不知道要增加多少和谐优雅的气氛了。

# 无　辩

弘一法师是近代持戒律极为深严的高僧，也是宋朝以还七百年间弘律最重要的一位大师。

近读倓虚老师的《影尘回忆录》，读到弘一大师在湛山寺读戒律的情景，他第一天给学生开启，就说学律的人先要律己，不要拿戒律律人，天天只见人家不对，不见自己不对，是绝对错误的。

他又说，"息谤"之法，在于"无辩"，越辩谤越深，倒不如不辩为好。譬如一张白纸，忽然滴墨水，如果不去动它，它不会再往四周溅污，假若立时要它干净，马上去揩拭，结果污染一大片。

弘一大师律己，不但口里不臧否人物，不说人是非短长，就是他学生有犯戒做错，他唯一的方法就是"律己"不吃饭，不吃饭并不是存心给人怄气，而是替那做错事的人忏悔，恨自己的德行不能感化他，一次两次，一天两天，几时等你把错改正了，他才吃饭，末了你的错处，让你自己去说，他一句也不开口。

他的理由是，不以戒律"律己"，而去"律人"，这就失去了戒律的意义了。

读到这一段记述，真是令人欢喜赞叹，这种精神与情操实在不是平常人能够，但这种精神是值得学习的。

生活在现代的人，人际关系之复杂已到了古人难以想象的地步，人与人之间的攀缘、纠缠，相互依赖也已到了顶点。复杂的人际关系，难免使我们对别人生出一些评判、怨气、不满等等，我们容易去要求别人如何如何，却很少想到自己应该怎样怎样，不要说罚自己不吃饭，最好是别人都不吃饭，整碗由我来吃，恨不得天下人得的都是蝇头，只有我得的是大利。

除此之外，现代人的议论太多，争端与智慧成反比，终日讲一百句话，九十九句都是废话。最近有两位居住在美国的大学教授，听说还是数十年好友，为了芝麻绿豆的小事，互相在报纸上贴"大字报"，搞得双方身败名裂，在我们眼中看来，都是连篇废话，无益世道人心。

可见，律己极难，受谤而无辩更难，现代人律人不律己，因此活得满心怨气；每谤必争，所以活得非常纷乱。但是我们应该知道，要亲君子，只有律己；要远小人，只有无辩。

这个道理佛陀早就说过了，佛陀将涅槃的时候，弟子阿难问了最后四个问题，其中一个是："师父死后，应以何为师？"

"以戒为师。"佛陀说。

另一个问题是："应以何为法？"

"默摈。"佛陀说。

"以戒为师"是要自己来戒，不是要别人来戒。"默摈"就是"默默地摈弃"，自己应离群沉默地修净行，对一切的外缘与争端，摈弃它!

　　一个人能"律己"才能反观自照，一个人能"无辩"才能放下自在，这是生活在现代社会多么必要的智慧!

# 日日是好日

云门文偃禅师有一天把弟子召集在一起，说："十五日以前不问汝，十五日以后道将一句来！"

弟子听了面面相觑，他自己代答说："日日是好日。"

这段公案非常有名，有许多研究禅宗的学者都解过，但我的看法是不同的，这段话翻译成白话是："开悟以前的事我不问你们了，开悟以后的情境，用一句话说来听听！"学生们正在想的时候，他就说了："天天都是好日子呀！"

为什么云门禅师用"十五日"来问呢？因为十五是月圆之日，用来象征见性的圆满，还没有圆满之前的心性是有缺陷的，一旦觉行圆满，当然天天都是好日子了。

"日日是好日"很能表现禅宗的精神，就是见性开悟是最重要的事，没有比开悟更重要的了。在我们没有开悟的时候看禅宗的公案，真像丈二金刚摸不到头脑，一旦开悟再回来看公案，就像看钵里饭，粒粒晶莹；看桶里水，波波清澈；看掌上纹，条条明白；看山河大地草木，一一都是如来。

云门禅师还有一个有名的公案，有一天他遇见饭头（厨房的伙夫），就问饭头说："汝是饭头么？"

饭头说："是。"

禅师问他说："米里有几颗？颗里有几米？"饭头无法回答，禅师就说："某甲瞻星望月。"

从前我读这个公案，感到莫名其妙，现在总算抓到一点灵机。当禅师说"米里有几颗？颗里有几米？"的时候，问的正是"自性"与"身体"的关系，也是"法身"与"报身"的关系，翻成白话可以说是："你见到身体里有佛性？佛性里有身体吗？"饭头没有这种体证，无法回答，禅师就开示他："你看星星的时候，也要看到月亮呀！"

可惜，一般人看星星时，总看不到月亮，只注意小小的身体，而见不到伟大光明的圆满如月的佛性。

再回到"日日是好日"，对于见性人，知道心性大如虚空，包含一切江月松风、雾露云霞，那么一切的横逆苦厄都是阴雨黄昏而已，对虚空有什么破坏呢？当我们有一个巨大的花园时，几朵玫瑰花的兴谢，又有什么相干呢？

日日是好日，使我们深切知道自在无碍明朗光照的人生不是不可为的，因为日日是好日，所以处处是福地，法法是善法，夜夜是清宵。

永嘉玄觉禅师在《证道歌》里说：

一性圆通一切性，一法遍含一切法，一月普现一切水，一切水月一月摄。

诸佛法身入我性，我性同共如来合，一地具足一切地，非色非心非行业。


由于佛性不受染，不可毁不可赞，如如不动，所以才是"日日是好日"，这不是梦想，而是实情。

云门所说的"米里有几颗？颗里有几米？"也正是永嘉证道歌中的"取不得舍不得，不可得中只么得"。

我们如果想过"日日是好日"的生活，没有别的方法，十五日以前不必说它，觉悟！觉悟！今天就是十五日了。

# 妙高台上

在浙江奉化有个雪窦寺，开山祖师叫妙高禅师。如今在雪窦寺山上还有一个妙高台，传说从前的妙高禅师就在那台上用功，因而得名。

妙高禅师原来在台上靠山的一边用功，昼夜不息，但因为精力有限，时常打瞌睡。他心想自己的生死未了却天天打瞌睡，实在太没用了，为了警策自己别再瞌睡，他就移到妙高台边结跏趺坐，下面是几十丈的悬崖山涧，如果打瞌睡，一头栽下去就没命了。

可是，妙高禅师功夫还没到家，坐到台边还是打瞌睡，有一次打瞌睡，真的就摔下去了，他心想这一次没命了，没想到在山半腰时，忽然觉得有人托着他送上台来，他很惊喜地问："是谁救我？"

空中答曰："护法韦驮！"

妙高禅师心想：还不错，居然我在这里修行，还有韦驮菩萨来护法，就问韦驮说："像我这样精进修行的人，世间上有多少？"

空中答曰："像你这样修行的，过恒河沙数之多！因你有这一念贡高我慢心，我二十世不再护你的法！"

妙高禅师听了痛哭流涕，惭愧万分，心又转想：原先在这里修行，好坏不说，还蒙韦驮菩萨来护法，现因一念贡高我慢心起，此后二十世他不再来护法了。左思右想，唉！不管他护法不护法，我还是坐这里修我的，修不成，一头栽下去，摔死算了，就这样，他依然坐在妙高台上修行。

坐不久，他又打瞌睡，又一头栽下去，这次他认为真的没命了，可是他快要落地的时候，又有人把他双手接着送上台来。妙高禅师又问："是谁救我？"

空中答曰："护法韦驮！"

"你不是说二十世不来护我的法吗？怎么又来！"妙高禅师说。

韦驮菩萨说："法师！因你刚刚一念惭愧心起，已超过二十世久矣！"

妙高禅师听了，豁然升悟！

上面这个故事出自民初高僧倓虚法师的《影尘回忆录》，是他在参访雪窦寺时听寺中师父所说，最后，倓虚法师下了这个结论："佛法的妙处也就在这里，一念散于无量劫，无量劫摄于一念，所谓'十世古今不离当念，微尘刹土不隔毫端'。"

我想，这个故事应该给我们一些启示，就是发愿立志要发勇猛心、精进心，岂止是修行办道，就是人间世界的一切成就，不也是勇猛心和精进心的动力吗？

光是勇猛心、精进心还不够，必须再有惭愧心、忏悔心的配合，才能使勇猛不致躁进，精进不致浮夸，也才能有长远不退的志愿。

　　另外，我们应该认识到时空是相对的，不是绝对的，意念在其中扮演了极重要的角色，如果我们能意不散乱，心念专一，那么一念跨过二十世的尘沙并不是不可能的。

　　我非常喜欢这个故事，每次想起来就心水澄澈，惭愧心起，我们连妙高台都坐不上去，实在不该有一丝慢心。其实，妙高台和妙高禅师只是个象征，象征寻找智慧与开悟的道路真是又妙又高。

　　妙高台也不在奉化雪窦寺，而是我们自己的心，我们每时每刻都坐在妙高台上打瞌睡，只是尚未坠崖，自己不自知罢了！


　　注：韦驮菩萨，与伽蓝菩萨是佛教的大护法，一白脸一红脸，常被寺院作为门神，伽蓝菩萨就是我们民间所供奉的关公。

# 鹅　瓶

宣州陆亘大夫，初问南泉禅师，就问一个艰深的问题："古人瓶中养一鹅，鹅渐渐长大，出瓶不得，如今不得毁瓶，不得损鹅，和尚怎么生出得？"

南泉召曰："大夫！"

陆应诺。

南泉曰："出也。"

陆从此开解。

这个公案实在令人感动而有趣，其实陆亘要问的不是鹅和瓶的问题，而是内在生命的问题，是佛性的问题。陆亘的话译成本意是："有一古人身体里养一个佛性，佛性逐渐长大，却被身体障住了，现在既要佛性出来，又不伤身体，到底要怎么出来呢？"

南泉禅师没有回答问题，而召唤他的名字，陆亘答应了，禅师听到他的应诺就肯定地告诉他：你的鹅从瓶里出来了！你的佛性出来了。

这话是怎么说呢？南泉禅师所表达的，是佛性没有脱离现象而存在，而是真正地自我开展，是不被身体所拘限的，"出来吧！不要把自己钻进瓶子里！"

自性（即佛性）与自己的身体，其实是处在一种和谐的状态，而且可以没有内外之别，一个人可能一辈子都见不到自性，但不能因此说自性是不存在的。

"出来吧！不要把自己钻进瓶子里！"

这样的呼唤，是由于我们对人间世相的认识，正如我们钻进一个个大小不同的瓶子中，名的瓶子是腹大口小，不透明的，让许多人埋没一生，未见过自己真正的面目；利的瓶子是不收口的，底座极深，许多人一落下去，就永远爬不出来了；欲望的瓶子是最可怕的，是可伸缩的，随着拼命的追求而膨胀，永无止境；情爱的瓶子最脆弱，稍一挪动就碎成粉屑，还不断割伤自己……

所以，一个人要觉悟，不是要去想瓶子的问题，而是要看清瓶子终究是不存在的，山河大地，一声破碎，一个光明无染的人就从破碎中升起。

再进一步说，其实没有破碎，也没有升起，而是原来就在那里，原来就进出自在、清净无染，原来我们的言谈举止无不是自性的展现。

我们现在回过身来，对镜叫自己的名字。如果你能大声叫："诺！"

知道镜子里的你是脱瓶而出的鹅，那么你就出来了。

# 念及上地

　　禅宗把禅定的境界分成四禅八定，四禅八定里虽有次第可以依次而进，不过像我们凡夫，不管能进到哪一层禅定的境界都是非常不易，即使能够进入初禅，就会欢喜赞叹不置了，何况是二禅、三禅、四禅，乃至空无边处地、识无边处地、无所有处地、非非想处地的境界呢？

　　高层次的禅定非我们所能知悉，但就以"初禅"为例，初禅又称"离生喜乐地"，有觉、观、喜、乐、一心五种现象，由于尝到觉观喜乐的禅味，很容易使人执迷，甚至贪着禅的享受而不肯追求更高的禅境，这时有一种对治的方法叫作"念及上地"，就是时时念及还有更高的境地，努力向前，不让我们因为粗浅的禅悦而不再继续追求更细腻高超的定境。

　　"念及上地"在禅修上能有效对治两种情况，一种是昏沉懈怠的时候，容易让人生出放弃之想，这时如果能念及上地、就能涌起清进之念，往上追求；一种是欢喜悦乐的时候，容易让人生起住留于喜乐之思，这时如果能念及上地，就能发出舍下之念，向上追求。

时时地"念及上地"就能念念向上、念念不忘、念念精进，日积月累就是我们所说的禅定功夫，如果不能一直向上，老是留在原地，那么坐得再久，又有什么用呢？

"念及上地"真是一个好句子，它不只是对禅定有用，拿到人和生活里也是确实有效的，就在我们生活的四周，我们所眼见的成功者一定是念及上地，当然会使我们一天比一天成熟，变成一个愈来愈完美智慧的人。

"上地"在生活里面说，就是更细腻、更精致、更美好、更高层次的境界，我们要生活比现在高超一些、完美一些，那么达成的希望是我们的心要不时想到比现在更精美的境界，我们才可能用行为去实现它，这种求好的精神与思想，就是"念及上地"。

我们讲禅，自然可以脱开生活光从定讲，不过禅的体验与精髓却能与生活互通互惠、相互体证，一个不能自生活中生起定慧的人，禅定是无望的；一个不能从禅定中观照生活的人，就容易沦为空禅和狂禅。

为什么生活与禅定可以合在一起看，吃饭与用功是同一件事呢？那是因为生活与禅定无非都是心的锤炼，心的走向清净明慧之路。所以，不时把心提起来，想想日月、青天、白云的风光，我们就不致一直沦落了。

# 遇缘则有师

我很喜欢《放钵经》里的一段话，释迦牟尼佛说：

> 我今得佛，皆是文殊师利之恩也。过去无央数诸佛
> 皆是文殊师利弟子，当来者亦是他大威神力所加被。譬
> 如世间小儿之有父母，文殊师利者，佛道之父母也。

文殊师利是佛教的四大菩萨，也是最有智慧的菩萨，他在释
迦成佛的时候是佛的弟子，但在释迦未成佛时却是佛的老师，他
同时是无量诸佛的老师。这实在是非常奥妙的关系，有一点像我
们常说的"教学相长"。

文殊菩萨是七佛的老师，文殊的老师是谁？从前，有一位和
尚就有这样的疑问，他问石头希迁禅师："文殊是七佛师，文殊有
师否？"

禅师回答："文殊遇缘则有师。"

"遇缘则有师"有一点像儒家说的"三人行必有我师",却比三人行更高超,有时不必三人行,独行也有师,因为智慧的开启有时非从人得,有更多的时候是由缘而得。文殊是诸佛的老师,给我们一个大的启示,就是所有佛的老师都是智慧,智慧是一切宝库的钥匙,文殊师利菩萨则是开启的人。

"文殊遇缘则有师"带给我们两个层次的思考,第一个层次是在我们生活中所遇到的事物所碰见的人,都是有意义的,可以启发我们智慧的。因为他们在那个时间那个空间与我们相遇,是一种因缘的不可思议,我们应该从因缘里得到开启,不要让因缘空过。

第二个层次是,众生都具有佛性,众生都是未来佛,所以我们应该怜念众生、珍护众生,在菩萨玄奥的世界里,众生与佛等无差别,所以,与每一众生的每一因缘都应视同为启开佛智的因缘。在佛法所讲的三种慈悲,有一是"众生缘慈悲",是在慈悲上不应离众生独行,同样的,在智慧上也不应离开众生,慈悲与智慧是佛道的双足,而因缘正是引导双足前进的眼睛。

我们要学习文殊菩萨这种小自一微尘,大至一世界都能得到觉悟、启示、智慧的精神,最基础的开启是不要忽略我们身边的每一个因缘。

# 金刚经二帖

不应住色生心，

不应住声香味触法生心，

应无所住而生其心。

——《庄严净土分第十》

在薄雾的清晨，我们走过繁花盛开的花园。已然是初春了，花园里微微流过一阵香气。

春天的花园有非常之美，远远看是千针万绣的一幅图画，近观，则色彩——从图里跳跃出来，我们着在花上，春天是一朵花；我们立在园中，春天是一花园；我们呼吸，春天是一股清气；我们倾听，春天里有惊蛰的鸣叫。但，什么样才是春天的实相呢？什么描绘，才能尽述春天呢？

春天的美，其实也只是空相，风雨来的时候，它会飘落。时间过了，它会委顿。到冬天的时候，这园子里的花就全部不存在了。

这花，这清晨，这薄雾，以及这春天，走过花园的我，我的心情，都只是时空里极暂的偶遇。当我走过的时候，薄雾散去了，晨曦不再了，花谢了，我也不是花园里看花的那个我。

有时候能看到一些美丽的颜色，有时候能听见微风带来的音乐，有时候能嗅到飘过的花香，有时候能尝到空气中的甜味，有时候能感到阳光的抚摸……不管在任何时候，自己只是一面镜子，反射着时空里的一切。

我们是莲花一样的人，在花园清澈的池水中开美丽之花，在污泥的水塘中开出一样美丽之花，同样清净，有琉璃的质感。

时空的花与花园，是自性心水流过的影子，感觉它的存在，它就在那里，感觉它不在，它就，轻轻地，流过了。


若以色见我，

以音声求我，

是人行邪道，

不能见如来。

——《法身非相分第二十六》


你说你要看风景吗？

那么你必须自己走到山上去，打开你的心眼。

你说你要闻花的香气吗？

那么你必须站在有风的位置，打开你的心眼。

你说你要听大地之音吗？

那么你必须在纯净中倾听，打开你的心眼。

在浩渺的宇宙里，无边的虚空中，最大最有力量，或者最小最卑下的，就是你自己的心，没有人可让你更庄严，也没有人可以使你更下陋，除了你的心。你观想佛的形相，是为了见到你的佛性，你念诵佛的名号，是为了开启你的般若，如果你只是向外寻求佛菩萨的形相与慈悲，而不向内澄净自我，那是偏邪的道路，不可能见到无上正觉的如来呀！

如来，是佛的如来，也是你的如来。像风一样，无所从来，也无所去，你的心进而转动着风就有风了，你以为旗子动旗子就飘了；你的心止，风也停了，旗子也不飘动了。

善男子！善女人！不要只礼拜佛相，不要只念诵佛号，要静定下来，回来观照自心。

因为，你就是如来的种子。

就像在无数的生死轮转里，你穿过一个又一个的花园，要前往最美丽的所在，只是你每次都被花园的花所迷着，忘记了自己的方向。

其实最美的地方不在远方，不在你走过的路，而在当刻当地你所站的地方，因为不管经过多少花园，你失去的是你的识执，你的心并未失去，只是被美丽或不美丽的迷惑，所遮埋了。

# 美丽的危险

《三慧经》中说：

> 山中揭鸟，尾有长毛；毛有所着，便不敢复去，爱之恐拔罢；为猎者所得，身坐分散，而为一毛故。人散意念，恩爱财产，不得脱苦，用贪故。

这个比喻翻成白话是："山里面有一种揭鸟，它的尾巴有很长的毛。这长毛如果被夹住了，它就不敢离开，因为它爱自己美丽的长毛，怕一走开就拔断了。因此被打猎的人抓住了。身体被撕裂分散，全是由于它爱惜一身长毛的缘故。人也是一样，清纯的意念失散，爱惜自己的财产，不能脱离苦海，全是因为贪心的缘故。"

读这段经文令人心生警惕，在真实的智慧里，拥有愈多的外表之美，以及愈多的财富物质，就愈是得道的障碍，也愈是失身的陷阱。如果一个人能看破皮相、舍弃财宝，就有可能在其中找到智慧的根苗，因为皮相无常，转眼分散；宝物无常，死后不能带走——也正是这样的无常才成为世间烦恼的处所。

释迦牟尼说："人聚财宝，譬如蜜蜂酿蜜，采取各种花卉，经过许多时日的勤苦，一旦酿成了，人便拿去吃，它自己吃不到，只是疲惫而已。人也是这样，东奔西走，求这个做那个，把财宝累积起来，辛苦不能形容。直到死时，别人拿走他的财产，自己反而得了重罪，所受的苦，难以衡量。"（《三慧经》，改写成白话）

这是易懂的道理，自己拥有财富固然辛苦，留给子孙可能反而害了子孙，我们看多少富家子弟挥霍无度、荒淫放纵，只是依恃祖先留下的财产，不但远离智慧清净日远，最后常身败名裂，身陷囹圄，连祖先都连累了。

有财产的人就有负担，有负担就不能舍却，不能舍却，就操心以殁，求道无门。因此从更高超的观点来看，美丽是危险的，有钱也是危险的，财宝与生命相比是微不足道的。世尊说："为护一家，宁舍一人。为护一村，宁舍一家。为护一国，宁舍一村。为护身命，宁舍国财。"一个国家的财宝多么巨大，为了一个人的身命尚且应该放弃，何况是一个人的财产，再多也只是海中一粟，有什么好留恋的呢？

"是故智慧者，金石同一观。"（《杂阿含经》）对于真正有智慧的人，黄金和石头是一样的；对于真正的智慧者，美丽的皮相是天地所生，转即失灭，并不足傲。因为如果人只知道黄金，就不能见到大地之美；如果人只知道皮相，便也不能知道心与智慧的美了。

我们在自然里也容易找到这样的例证，罂粟花不是最美的花吗？它却长出了鸦片。蛇类和蕈类中有最美丽的花纹，却往往是最毒的。而那些有最美毛皮的动物，往往因毛皮被猎杀致死；有最美丽羽毛的鸟则因羽毛而被捕，制成了标本。

放下你的财色吧！这样，你的心才能自在自足地飞翔。《遗教经》里说：

> 知足之法，即是富乐安隐之处。知足之人，虽处地上，犹为安乐。不知足者，虽处天堂，亦不称意。不知足者，虽富而贫。知足之人，虽贫而富。

最令人警惕的是《四十二章经》里说：

> 财色之于人，譬如小儿贪刀刃之蜜甜，不足一食之美，然有截舌之患也。

——可叹的是，在这个世界上多的是身处于危险还自以为美丽的人，知道美丽是危险的人却总在少数。

# 东坡三章

## 安　之

宋朝有大文学家苏东坡，有一个方外知己佛印禅师。有一天两个人在杭州同游，东坡看到一座峻峭的山峰，就问佛印禅师："这是什么山？"

佛印说："这是飞来峰。"

苏东坡说："既然飞来了，何不飞去？"

佛印说："一动不如一静。"

东坡又问："为什么要静呢？"

佛印说："既来之，则安之。"

后来两人走到了天竺寺，苏东坡看到寺内的观音菩萨手里拿着念珠，就问佛印说："观音菩萨既然是佛，为什么还拿着念珠，到底是什么意思？"

佛印说："拿念珠也不过是为了念佛号。"

东坡又问："念什么佛号？"

佛印说："也只是念观世音菩萨的佛号。"

东坡又问："他自己是观音，为什么要念自己的佛号呢？"

佛印回答道："那是因为求人不如求己呀！"

这个简短的禅宗公案，给我们一些深刻的生活哲学，就是"一动不如一静""既来之则安之""求人不如求己"，这三个从生活里来的智慧，其实是一贯相通的，它是说：只有在宁静平安的心境里，人才会生出更清澈的智慧，不至于因生活的奔波在红尘里迷失。

如何才能求到宁静平安的心境呢？

答案是"求人不如求己"。

我们求人的地方愈少，依赖人的地方愈少，我们就更能看清人间世相，维持一种平安欢喜的心情。观世音菩萨念自己的佛号得大自在，我们如果每天多一分反观自照，我们就会多一分自在，而一个自在的人，就会像古代的禅师触机都是智慧，那是由于他心有所安，包容广大万事万物自然都有一个智慧的定位了。


## 瓦砾与无上法

苏东坡有一次过济南龙山镇，那里监税官宋宝国拿出一册王氏所写的《华严经解相》给他看，并对苏东坡说："这位王公修道已到了极致了。"

苏东坡就问宋宝国说："华严经一共有八十卷，王氏怎么只解了一卷呢？"

宝国说："王氏对我说，只有这一卷是佛语奥妙，其余的都只是菩萨所说的话，没有什么可观。"

东坡听了，心里觉得非常奇怪，就说："我从大藏经里取几句佛陀说的话，再取几句菩萨说的话放在里面，你能分辨出其中哪些是佛说或菩萨说的吗？"

"我不能分辨。"宋宝国说。

"不仅你不能分辨，王氏也不能分辨。我从前住在岐下，听说沂阳的猪肉味道最美，就派人去买一头猪回来，派去的人买好猪那天喝醉了。他买的猪也跑了，他只好随便买一头来给我，我不知道他带给我的不是沂阳猪。结果我就用那头猪来请客，告诉大家那是好不容易从沂阳带来的猪，所有的客人吃了都大大叫好，认为是别地猪肉不能相比的美味；后来我派去的人承认沂阳猪跑掉了，所有的客人都感到非常惭愧。

"从前买猪的事情，使我悟到，如果人一念清净，墙壁瓦砾都说无上法，是没有什么分别的。即使像买猪肉、娼妓唱歌这种卑微的事也能令人开悟。像王氏所说的，佛语奥妙，菩萨不能相比，这就像吃猪肉的客人一样，不是痴人说梦吗？"

宋宝国听了大表赞同说："是呀！是呀！"

苏东坡用猪肉的比喻来破除对佛法的谬见，虽然有点过度，却颇有深意，就是一念清净的人见什么都是清净，心中有佛，所见皆是佛法，心中无佛，即使是佛亲口所说，我们也不能领会它的奥妙。有智慧的人，瓦砾对他都是无上法，没有智慧的人，无上法对他也是瓦砾。

愚痴的人觉得黄金最珍贵，聪明的人知道石头有时比黄金珍贵，智者金石同一观。

苏东坡体会到这个道理，曾经写过两首有智慧的诗，后来成为中国名诗，一首是：

> 溪声便是广长舌，山色岂非清净身。
> 夜来八万四千偈，他日如何举似人。

另一首是：

> 横看成岭侧成峰，远近高低各不同。
> 不识庐山真面目，只缘身在此山中。

## 惜　缘

苏东坡的朋友柳子玉，山水草木妙绝一时，子玉的儿子名唤子文，在京师得到一幅画，拿来给苏东坡题诗，苏东坡一看，原来这幅画大有来历。

传说，唐朝开元年间，房琯与道士邢和璞出游，经过夏口村，进入一座废弃的佛寺，两人坐在松树下谈天。邢和璞叫人挖地，挖出了一个古瓮，瓮中有一幅娄师德送给永禅师的画，和璞就问房琯："你想起这件事了吗？"

房琯惆怅地忆起自己的前生原来是永禅师。

原来柳子玉本来有埋在瓮中那画的临本。而子文所求到的那幅正是真迹。

要给这幅画题诗的时候，苏东坡突然想起天祐六年三月十九日的一个梦，那时他从杭州回京，夜宿吴淞江上。他梦到方外的朋友仲殊禅师带一把琴来看他，弹起来声音非常奇特，苏东坡仔细看那把琴只有十三弦，破得很厉害，不禁叹惜不已。

仲舒说："虽然破损了，还是可以修理呀！"

东坡说："只可惜只有十三弦，又能奈何？"

仲舒没有回答，只吟了一首诗：

> 度数形名本偶然，破琴只有十三弦。
>
> 此生若遇邢和璞，方信秦筝是响泉。

苏东坡隐隐约约感觉到，仲舒的意思是自己乃邢和璞所转世，但不确定，就醒了。

第二天，苏东坡白天睡觉又做同一个梦，仲舒禅师又诵了同一首诗，他惊醒过来的时候，正好仲舒来访，感觉到那么真实，仿佛不是梦境，以这个梦问仲舒，仲舒说："我不知道呀！"

苏东坡于是在画上题了一首诗：

> 破琴虽未修，中有琴意足。
>
> 谁云十三弦，音节如佩玉。
>
> 新琴空高张，丝声不附木。
>
> 宛然七弦筝，动与世好逐。

陋矣房次律，因循堕流俗。

悬知董庭兰，不识无弦曲。


这首诗的意思是，高挂起来的新琴，琴声还没有进到木头里去，可惜世人却偏爱这种新声音的追逐。旧的破琴虽然只有十三弦，其音节却像玉佩玲珑，琴意与情意都非常丰沛。可是世上的人都像房琯一样，轮回在流俗里面，不能知道无弦琴的曲调了。

苏东坡的感喟真是令人神伤，我们生活在这世界上，都是由因缘和成的，我们固然不能知悉前世有埋画、破琴的因缘，但也不能不爱惜今生今世的因缘，唯有惜缘的人才能在无弦的琴里，也能听到佩玉一样的音声！


附记：

近读明朝徐长孺所辑的《东坡禅喜集》，有一些是坊间东坡记及诗文集中所没有的故事，非常有趣，随手剪裁，翻译了三则，名为《东坡三章》。


一九八六年九月十五日

# 智慧命第一

## 功德天与黑暗天

有一位非常美丽的女人，她的皮肤白净没有一丝瑕疵，她的五官端正完好在人间里非常少见，她用最上好的璎珞宝饰来装饰自己。

有一天，这个女人走进一个人的屋子里去，主人看了非常欢喜，就问她说："你叫什么名字，家住在哪里？"

女人回答说："我就是功德天。"

"那么你所到之处，是做些什么事呢？"

女人说："我所到的地方，能给别人种种金、银、琉璃、玻璃、珍珠、珊瑚、琥珀、车磲、玛瑙、象、马、车、乘、奴婢、仆役。"

主人听了更加的欢喜，心里暗暗想着："我是一个有福德的人，才能让功德天到我家里来呀！"然后他就烧香散花来供养这位女人，并且恭敬地礼拜她。

就在这个时候，主人探头看到门外站着另一个女人，她长得非常丑陋，衣裳都破烂了，沾了无数的垢腻与尘埃，她的皮肤又皱又裂，颜色灰败苍白。

主人见了觉得非常奇怪，为什么世界上有这么丑陋的女人呢？就问她："你叫什么名字？家住在哪里？"

女人说："我的名字叫黑暗天。"

"你为什么叫作黑暗天呢？"主人问。

女人说："那是因为我所到的地方，能让那地方的主人，一切的财宝全部消耗的关系。"

主人听了非常生气和厌恶，跑进房子里拿出一把利刀，威胁那丑陋的女人说："你赶快走开，如果不立刻走开，小心我杀了你！"

丑女听了说："你实在是个愚痴而没有智慧的人。"

主人说："为什么说我愚痴而没有智慧？"

丑女说："刚刚进入你家的那个女人，是我的姐姐。我和我姐姐平常都是行止共俱，形影不离的，你如果要赶我走，我姐姐也会和我一起走。"

主人听了不太相信，为什么一对姐妹美丽与丑陋相差这么巨大，却又紧紧相随呢？他跑进屋子问功德天："外面有一个女人，自称是你的妹妹，是真的吗？"

功德天说："是真的。我和这个妹妹感情很好，一直同进退，从没有分开过。我们一起到人家里，我常作好，她作恶，我常利益别人，她常使人败坏。如果爱我的人应该爱她，如果恭敬我的人，也应该恭敬她。"

主人听了就说："如果有一件好事都和坏事相连，那我宁可好坏都不要，请你们走吧！"那两个女人就站了起来，一前一后相随地走出去，主人看着她们的背影，心里非常平静欢喜，踊跃无量。

这是《大般涅槃经》里的一个寓言，是佛陀讲给弟子迦叶听的，他加了一个注解，他说："迦叶！世间众生，颠倒覆心；贪着生相，厌恶老死。迦叶！菩萨不尔，观其初生，已见过患。"

在我们这个苦难世界的众生，大家都是贪图好的享受，喜欢美衣美食，喜欢美丽的外貌，可是往往不能预见一切好的东西，背地里都埋藏了让人沉溺败坏的因子，这正是老子说的"祸兮福之所倚，福兮祸之所伏"，虽然勘破这一层是非常困难的，但是如果我们时时想到"功德天"与"黑暗天"是感情最好的姐妹，我们的行为就有了比较好的依止。


## 半饼与食盐


有一个人，肚子饿得要命，从袋里拿出七枚煎饼出来，他吃了一枚，再吃一枚，一共吃了六枚，还没吃饱。吃第七枚吃到一半，他就饱了。

这个人非常后悔，甚至悔恨地用手打自己的脸，他拿着最后半枚饼自言自语地说："我真是笨呀！我今天吃饱便因为这半枚饼。早知道吃这半枚饼就会饱，就不必吃前面那六枚饼，结果白白浪费了六枚饼。"

这是《百喻经》的一个寓言，佛陀说完，加了注解，他说："世间之人，亦复如是；从本以来，常无有乐；然其痴倒，横生乐想。如彼痴人，于半番饼，生于饱想。世人无知，以富贵为乐；夫富贵者，求时甚苦；既获得已，守护亦苦；后还失之，忧念复苦；于三时中，都无有乐。犹如衣食，遮故名乐；于辛苦中，横生乐想。诸佛说言：三界无安，皆是大苦，凡夫倒惑，横生乐想。"

当我们尝到了快乐的半枚饼时，是不是也像这样，忘记了前面那六枚痛苦的饼呢？在这个世界上，富贵者的第二代第三代往往不能继续祖先的家业，是因为他们只吃到了快乐的半枚饼，而忘了贫苦的六枚了。

另外有一个愚笨的人，他到别人家里做客，主人请他吃饭，他嫌不够味道，主人听了，就在饭菜里加了一点盐。那愚笨的人吃了觉得很好吃，心里就想："这饭菜所以美味，是因为有盐的缘故；一点点盐就这么好吃，何况多放一点呢？"愚人回到家以后就光吃盐，吃到倒胃。

这个故事也是出于《百喻经》，佛陀说出了中道的可贵，他说有的修道人听说少吃饭可以得道，于是自己断食，结果徒然使身体败坏，对修道并没有帮助。就像愚人知道盐使食物美味而空吃盐的道理一样。

在世法上，所有一切的财宝、成功、名利，对于我们都只是盐一样的东西，味道当然是不错的，可是如果把重点放在财宝、成功、名利，而忘了自己，不知道自己此生的目的，那是本末倒置，是一种迷失与错乱。

可叹的是，愈来愈多的人只能看到盐，不能看到食物。

## 智慧命第一

从前，在波罗捺国，有一个贫困的人，只生了一个孩子。那时候正在闹饥荒，那人的家又特别穷，他为了养活儿子，就把自己的父母活活地埋在地里。

后来邻居问他："你的父母到哪里去了？"

他说："我的父母年龄大了，迟早都要死的，我先把他们埋了，把本来给父母的食物可以省下来，养育我的儿子，使他长大。"

邻人觉得有道理，便把自己的父母也埋了，如此辗转相传，便成为波罗捺国的习俗，大家生了孩子就把父母埋掉。

很久以后，该国有一个受人敬重的长者生下一孩子，那孩子第一次听到这项风俗就认为是错的，就想："有什么方法，除去这个不好的习俗呢？"于是对父亲请示，到外地远游读书，智慧日广，等他回到家里已进入中年了。因为习俗关系，他只好挖了一个很大的地穴，在地里为父亲盖好了一间很好的房子，给父亲最好的饮食，对父亲非常孝顺，心里却为如何革除这个风俗而苦恼，想着："到底谁能帮我除去这不良的习俗呢？"

正想的时候，天神现身对他说："我来帮你的忙吧！"

天神于是写了一张疏纸给国王，问国王说："如果你能解答这疏纸上的四个问题，我就护卫你，如果不能解答，我七天内一定打破你的头分成七份，这四个问题是：

一者，何物是第一财？

二者，何物最为乐？

三者，何物味中胜？

四者，何物寿最长？"

国王接到后非常惊慌，于是征求全国最有智慧的人，并且把问题贴在榜上，昭告天下说："国中谁解此者？若有解者，欲求何事，皆满所愿。"那个长者子于是撕下文书解道：

信为第一财。

正法最为乐。

实语第一味。

智慧命第一。

国王看了很感动，就问他有什么愿。

他说："大王，我的父亲年纪大了，按照我国的习俗应该埋掉，但我把他藏在地里，那是因为父亲恩重，犹如天地。怀抱十月，推干去湿，乳哺养大，此身成立，皆由父母。得见日月，生活所作，父母之力。假使左肩担父，右肩担母，行至百年，复种种供养，犹不能报父母之恩。"

国王就问："那你到底想求什么呢？"

他说："更无所求，唯愿大王，去此恶法。"

国王觉得他说得有理，于是下诏去掉这个恶俗，并且宣告：

"若有不孝于父母者，当重治其罪。"

这个故事出自《杂宝藏经》，是佛陀告诫弟子们应该孝顺父母，那个长者子，就是许多生世前的佛陀。

值得深思的是，这世界上最大的财宝是"信仰"，最快乐的事是"正法"，最有滋味的是"实语"，而寿命最长的是"智慧"，这四件都是抽象的、形而上的，可见得实质的事物在价值上并不胜过抽象的事物。

我们想想，如果有一个人拥有花不完的金钱珠宝，自以为富有；他每天追逐欲望名利，自以为最快乐；他每天大吃大喝，自以为知道世上最好的滋味；他每天吃药进补，自以为可以长寿。

这样的人，比起一个有信仰、知正法、讲实语、有智慧的人，就显得卑下丑陋了。

那么，如果让我们选择，我们宁愿做什么样的人呢？

一九八六年六月一日

# 槃特伸臂

佛陀释迦牟尼在舍卫国的时候，有一位新出家的比丘，名字叫槃特。

槃特是一个愚笨到无以复加的人，佛陀集合了五百位罗汉，天天教他，教了三年，他还背不了一首偈。因此，舍卫国全国的人都知道他愚笨到了极点。

佛陀也感到非常慈悯他。有一天，佛陀把槃特叫到面前，亲自授他一首偈，教他说："你记着这首偈，守住你的口、摄住你的意念、把住身体不要犯错，只要你这样努力修行，将来也可以济度众生。"

槃特感动于佛陀的慈悲和恩惠，感到非常欢喜，心就有点开悟了，能诵佛陀教他的偈。

佛陀就开示他说："你现在年老了，才会一首偈，这首偈人人都会，一点也不稀奇。我现在为你解说这首偈的意思，是我们的身体容易犯杀生、偷盗、邪行三种过失，我们的口容易犯妄语、两舌、恶口、绮语四种过失，我们的意念容易犯贪心、嗔恨、邪见三种过失，你要观察这十种过失是怎么来的，要怎么样灭掉它。一个人要升天或随入恶道都是由这十种事做或不做而来，只要能守住身、口、意，得到涅槃净境就很自然了。"

佛陀接着说了许多妙法，槃特的心突然开悟，证得阿罗汉的果位。

在佛陀僧园不远的地方，有一个精舍住了五百位比丘尼，为了教化她们，佛陀每天都派遣一位比丘去讲经说法，有一天轮到槃特，佛陀对他说："槃特，你明天到精舍那边去讲经。"

这个消息被五百比丘尼知道了，都感到好笑，因为她们都知道槃特是非常愚笨的人，于是大家商量好如何作弄槃特，就把槃特唯一会的偈倒过来说，让槃特因为惭愧而不敢讲经。

第二天槃特来的时候，五百比丘尼虽然像以前一样出来顶礼问讯，但大家相视而笑，准备作弄槃特。等到吃过饭、洗过澡后，就请槃特上台说法。

槃特坐上高座以后，脸就先红了，惭愧地说："我薄德不才，一向非常愚笨迟钝，所学的东西不多，只懂得一首偈，粗略知道它的意思，我现在就说给你们听，希望你们静静地听。"

那些年轻的比丘尼，就想着倒过来说槃特所会的偈，奇特的事发生了，她们连口都张不开，一个个吓得要命，于是责备自己用心太坏，而向槃特叩头悔过。槃特依照佛陀所说的，一一向她们开解，这些比丘尼听到槃特说法都感到与一般说法不同，内心非常欢喜，都得到罗汉的道果。

后来，有一天，舍卫国的国王波斯匿，邀请佛陀和弟子们到皇宫的正殿吃饭。佛陀知道槃特已有神通，就把自己的饭钵交给槃特，叫他跟在后面走。

哪里想到，到了皇宫大门时，守卫认出槃特，不让他进入皇宫，并且取笑他说："你做了出家师父，一首偈都学不会，为什么请你来呢？我们在家的俗人，尚且知道好几首偈，像你这样没有智慧的师父，布施给你吃也没有用，你不要进去了。"槃特只好独自留在门外。

佛陀和弟子进入正殿，佛陀被请坐在上位，喝过水以后，突然有一只手臂伸进正殿里来，那手里端着饭钵，放在佛陀的面前。波斯匿王、大臣们、夫人、太子，以及在正殿里的人，看到那样长的手臂伸进来，却看不到手臂是谁的，大为吃惊，就问佛陀说："这是谁的手臂呀？"

佛陀说："这是槃特的手臂呀！槃特已经得道，刚刚来的时候，我叫他帮我拿着饭钵，可是卫士不让他进来，他只好伸手进来把饭钵交给我，大王可以请他进来，就知道他威神倍于常人了。"

波斯匿王问佛陀说："听说槃特尊者本性非常愚笨迟钝，只知道一首偈，怎么样的机缘使得他得道呢？"

佛陀说："学不必多，行之为上。贤者槃特虽然只懂得一首偈的意思，但他对这首偈的精义理解到了极致，而且他和身口意都能寂灭，纯净得像天上的黄金一样。一个人虽然学得多，如果不懂得实践，只是在耗自己的意识和思想，有什么益处呢？"

于是，佛陀为参加盛会的人说了一首偈：

虽诵千章，句义不正，不如一要，闻可灭意。

虽诵千言，不义何益，不如一义，闻行可度。

虽多诵经，不解何益，解一法句，行可得道。


听了这首偈，在场的两百比丘都得到罗汉道，国王群臣夫人太子等等都感到十分欢喜。

这个故事出自《法句经》第一卷，是在告诉我们，实行、实践的可贵，光是知道了很多，而不去做，等于什么都不知道；如果知道的虽少，而能实践，一样会有巨大的力量。

像槃特这么愚笨迟钝的人都能由于努力实践，产生大的神通力，开悟走向涅槃的道路，何况是聪明的我们呢?

# 阳春世界

高中的时候，我就读台南海边的一所学校。

那学校以无情地管教学生而著名，并且规定外地来的学生一律要住校，我因此被强迫住在学校宿舍，学校里规定，熄灯后不准走出校门，否则记小过一个。

说来好笑，我高中被记了好几个过，最后被留校察看，随时准备退学，原因竟是：熄灯后翻墙外出，屡劝不听，译成白话，用我的立场说：是学校伙食太差，时常半夜溜出去吃阳春面，不小心被捉到。

吃阳春面吃到小过连连，差点退学，这也是天下奇闻。

学校围墙外有一个北方来的退伍军人，开了一家小小的面馆。他的面条做得异常结实，好像把许多力气揉了进去，非常有滋味。并且他爱说北方的风沙往事，使我们往往宁可冒着被记过的危险，去吃他的阳春面。

那时候没有学生吃得起带肉的面，只能吃阳春面，面里浮着几星油丝，三四叶白菜，七八粒葱花，真是纯净一如阳春，但可以吃出面中的麦香，回味无穷。偶尔口袋里多了几文钱，就叫一块"兰花干"放在面上，觉得世界上再没有那种幸福的日子了。

我如今一想到"阳春面加兰花干"，觉得这个名字非常之美，它的美是素朴的，诗意的，带一点生活平常的香气。但在那时，我们一开口说："老板，一碗阳春面，放一块兰花干。"口水就已经流了满腮。

我对高中时代没有什么留恋，却时常想起校外的阳春面，和卖面的北方老板，甚至他的脸容、语音，以及面碗的颜色和形状，都还在眼前。

这些年，不容易吃到好的阳春面，也很少人吃阳春面了，有一次我在桃源街叫一碗阳春面，老板上下打量我半天，叹一口气说："我已经有五年多没有卖过一碗阳春面了呀！"最后，他边煮我的阳春面，边诉说着现代的人多么浮华，没有牛肉、排骨、猪脚已经吃不下一碗面，他的结论是："再过几年，有很多孩子可能不知道阳春面是什么东西了。"

阳春面其实不只是一碗面，我们这一代的人都是从那个阳春世界里走过来的，阳春世界不见得是好的世界，但却是一个干净、素朴、有着人间暖意的世界。

其实，就在高中时代，我早已坚信，人即使只有吃阳春面的物质条件，便可过得尊严而又幸福了。

# 槟榔西施

我服兵役的时候，部队驻在湖口，营区前面有一条小街，就在这条小街上住了许多的西施。

剃头店的小姑娘叫"理发西施"，卖豆腐的小姐叫"豆腐西施"，水饺店的北方小妞叫"水饺西施"，水果店的台湾少女则是"冰店西施"，真是到了十步芳草的地步。

所谓西施也者，应该具备一些条件，一是女人，二是未婚，三是具有三分五分或两分一分的姿色，当兵的青年没有什么挑剔，一律称为"西施"。大家习以为常，被叫"西施"的少女也都笑嘻嘻地接受了。

但是仔细在街头走一回，就会知道如果西施长那样子，吴越争战的历史就一定要改写了。回头想想，大家那样兴高采烈地叫着"西施"，实在有助于人情世界的亲和力，也给枯燥的生活带来了欢喜。

那条街上最够资格叫"西施"的，是我们叫"槟榔西施"的小姑娘，她不是特别的美，却非常白净清纯，她也不是特别出色，对人却非常亲切，我们时常坐在河沟的这边，望着对岸街角的"槟榔西施"出神了。那种美是仿佛没有一切尘世的染着才有的，是乡村草野里一朵清晨的姜花，散放着清凉的早春独有的香气。

那时的"槟榔西施"是高中二年级的少女。

后来，我因教育召集而回到了往年的营地，十几年过去了，最幸运的是还能遇到"槟榔西施"，她已经是两个孩子的肥胖母亲，听说有一段时间她嫁都市，因被遗弃而回到了故居。不再有人叫她"槟榔西施"，而变成"槟榔嫂仔"了。

当我说："你不是槟榔西施吗？"

她点头也不是，摇头也不是，脸上有惆怅而复杂的表情，那表情写的不是别的，正是岁月的沧桑。

原本不是太美的这位"西施"，因于沧桑的侵蚀，也失去了她原有的白净清纯的质地，好像被用来盛腌渍食物的瓷器，失去了它白玉一样的光泽。

走过去的时候，我想着：人如果不能保持青春之美，也应该坚持自己的纯净。

# 大王们

一个朋友说了这样的笑话：

永和有一条街，现在已经是闻名的豆浆店了，在早年，那里有许多卖豆浆的摊子，大家平安无事。突然有一个人在自己的店前挂起"永和豆浆大王"的招牌，引起了阵骚动，大家都想：他是永和豆浆大王，那我们算什么呢？

于是，隔壁的店挂出"台北豆浆大王"。

再过去的店接着挂出"中国豆浆大王"。

再再过去的店马上挂出"世界豆浆大王"。

再再再过去的店则挂出"环球豆浆大王"。

再再再再过去的店只好挂出"国际豆浆大王"。

这下可苦了后面的店了，因为最大的都已挂出，那位店东苦思了半天，只好把自己的店取名为"本街豆浆最大王"。到最后，所有的大王们都打成平手，因为永和、台北、中国固然是在"世界"里面，世界、国际、环球又何尝不是在"本街"里面呢？到这时，大家又相安无事了。

这个笑话很值得我们思考，即是引车卖浆者流，往往只有把自己放大才能建造信心，台湾小街里的小店往往都是大王，排骨大王、牛肉面大王、水饺大王、馄饨大王固不足怪，有时连推着摊车的都是摇冰大王、炸鸡大王、香肠大王……这一方面使"大王"就像"小摊"一样，完全失去语言的意义；另一方面则失去了平实与淳朴的风格。

久而久之，大王不但不是品质优良的保证，反而是品质忧虑的象征。

还有一个值得我们思考的是，在我们这个时代，不讲求实相真相逐渐成为隐藏的危机，在"大王们"的背后，是一杯十元的豆浆。而在那些一开口就是千万上亿的人，有许多人的事业与银行存款都是负数，他们和那些大王又有什么不同呢？

最悲哀的是，一般老百姓只看到大王巨大的招牌，失去了认清大王真相的能力。

# 戏

带孩子看京戏，才看了一个起头，孩子就以无限诧异的神情问我："爸爸，这些人为什么要化装成为布袋戏的人，演布袋戏呢？"

我一时语塞，不知如何回答。

想了半天只好说："不是的，是布袋戏做成人的样子在演人的故事呢！"

孩子立即追问："人自己演的故事不是很好吗？为什么要用布袋戏演呢？"

我说："人演和布袋演的趣味不一样！"

孩子说："什么是趣味？"

我没有再回答，怕事情变得太复杂，影响到别人看戏的兴致。

但是后来我想，在孩子清纯直接的心灵里面，所有化了浓重油彩，穿了闪亮华服，讲话唱歌声不似常人的都是戏，电视剧、京戏、歌仔戏、布袋戏之间并没有什么不同，连电影也是一样，有一次看电影，他就这样问："为什么十几个坏人拿机关枪打不中那个好人，而好人每次开枪都打死一个坏人呢？"

反正都是戏，其实也不必太计较。

但是有时我们看戏，特别能感到"戏比人生更真实"，那是由于我们在真实的人生里面，遇到的常是虚假的对待。甚至，有时，我们也虚假地对待了自己。

我们哭着来到这个世界，扮演了种种不同的角色，演出种种虚假的剧本，最后又哭着离开这世界。

草堂和尚曾作诗曰：

乐儿本是一形躯，乍作官人乍作奴。
名相服装虽改变，始终奴主了无殊。

我们现在扮着将相王侯，并不能保证永远将相王侯，但不管扮什么，都不能忘失了我们原来的自性呀！

对于"人生如戏，戏如人生"的体会是很容易的，可是在戏与人生中找实际的出路却是困难的，明朝有一位罗汉，他写了一首简单明白的醒世诗：

急急忙忙苦苦求，寒寒暖暖度春秋。
朝朝暮暮营家计，昧昧昏昏白了头。
是是非非何日了，烦烦恼恼几时休？
明明白白一条路，万万千千不肯修。

这明白的一条道路，无非就是回到真实的自我，找到在整个戏台的幕后，自己是如何的一个人，唯有这种自我的觉悟，才是走向智慧的第一步。

# 蜜　事

　　大岗山是佛教圣地，有许多雄伟的佛寺。大岗山也种了许多水果，尤以荔枝、龙眼最多，所以它也是有名的水果产地。

　　但它最有名的不是佛寺，也不是水果，而是蜂蜜。大岗山所出产的蜂蜜，因为是由龙眼与荔枝花所酿成，又生产于最炎热的夏季，格外的清凉芳醇，不仅扬名于邻近地区，甚至闻名国外。

　　大岗山的荔枝蜜、龙眼蜜闻名，带来的第一个影响，就是附近地区所有的蜜，全部标上大岗山蜂蜜的名义出售。有时还把外地的蜜运到山上去贩售，以补山上蜂蜜生产的不足。时间一久，大家都不知道哪些蜂蜜才是真正大岗山的蜂蜜。

　　第二个影响，是大岗山上的养蜂户，在没有花期的时候，或者开花不盛的时候，就用糖水来喂养蜜蜂，蜜蜂用糖水来酿蜜，过程没有什么不同，但风味却大为不同了，这样久了以后，大岗山蜂蜜的名声就一日不如一日了，观光客到大岗山也不爱买蜜了。因为既怕买到外地来冒名的蜂蜜，又怕买到本地用糖水做成的蜂蜜，只好不买，最后大岗山的蜂蜜落得和别地的蜂蜜没有什么两样，即使是最好的龙眼花酿成的蜜，也显不出它的芳香了。

这是"劣币驱逐良币""恶紫夺朱"最好的例子，也是人因为贪心而自贬身价的典型。

糖水做成的蜜有什么不对吗？蜜蜂自己也认为它是蜜才努力酿出来呀！养蜂的人也认为它是蜜，因为它是蜜蜂所造出来的呀！喝的人也分不清楚它是蜜，它有了蜜的形式，却没有蜜的内容；它有了蜜的结果，却没有蜜的过程。

说它是蜜，它就是蜜，因为它为蜂所造。

说它不是蜜，它就不是蜜，因为它不是百花所酿。

它是人的贪念以蜜蜂为工具而成的似是而非的东西。

任何纯粹的东西也像这样，加上人的贪念就似是而非了。

蜜的事也是这世界上所有事的缩影，一发的败坏最可怕的不是恶事，因为恶事我们会防御、会反抗；最可怕的是似是而非，好坏不分——这才是世界败坏的主因。

# 冰冻面线糊

有一个住在日本的朋友，每次回来就到小摊子里买几十碗蚵仔面线，一碗用一个塑料袋包着，全部冻在冰箱里冻成冰块。

坐飞机的时候，他把蚵仔面线请空中小姐冻在飞机的冰箱里，到了日本的家又把蚵仔面线冻在冰箱里，每隔两三天拿一碗出来，用微波炉热，自己在深夜的灯下品尝这来自故乡千里奔波的蚵仔面线。

他告诉我："每一次吃那蚵仔面线，眼前浮现的总是庙前简陋嘈杂的夜市，有时仿佛还能听见黑巷推出来的小车叫着'蚵仔面线，蚵仔面线'，真是历历如绘。"

在日本，只有来自故乡的要好朋友，他才会多拿一袋蚵仔面线出来请客，客人吃了这蚵仔面线都视如珍宝，比吃了大餐还要动容。

"蚵仔面线"在台湾俗语叫"面线糊"，原是乡间最平凡的食物，可是加上人的思念与怀乡，却变成无比珍贵了。

像这样的事例非常多，我有一个朋友在国外冬天下雪的街头，曾因为想吃庙口一碗热乎乎的红豆汤，想到落泪；有一个朋友是纽约新写实绘画的名画家，可是他如果不听京戏，就无法作画；有一个朋友，在国外一招手叫出租车就思念台北，因为全世界没有一个地方的出租车比台北方便……

可是，面线糊、红豆汤、京戏、出租车都不是事物的主题，只是心情的反映，是乡愁暂时的住处。心情悲切的人，看到微风吹落花瓣，也会黯然落泪；心情幸福的人，看到微风吹落花瓣，却想到明年春天的新花而欢欣踊跃。

最好，我们能维持一种高亮清爽的心情，这种心情使我们不被污浊所染，也不为美丽的花木所遮，如果借冰冻面线糊来维系乡心，在没有面线糊可吃的时候，就只好接受煎熬与折磨。

如果我们要靠外在的名利、声誉来证明自己的尊严与价值，那我们就会在名利、声誉中沦落，并且在失去时接受折磨而不知了。

# 重瓣水仙

我常去买花的花贩，一直希望我买一盆重瓣的水仙，说是最新的品种。

花贩是一位美丽秀雅的小姐，她站在花坊里就像是她在卖的花里面的一朵。这是我的哲学之一：如果一位花贩把自己照顾成一朵花那么细致与美，那么她卖的花一定不会太坏。

我喜欢向如花的姑娘买花。

我喜欢向有书卷气的老板买书。

我最喜欢菜市场卖菜的一位阿婆，因为她梳理得最整洁，笑起来温馨自然，就像她架子上的青菜。

可惜，这样的惊见是不多的，所以我珍惜这样的缘。

卖花的人请我买莲花，我就买了。

请我买小红菊，我就买了。

请我买野百合，我也买了。

买点满天星、夜来香、野姜花、玫瑰吧？

好，都给我一些。

我当然也买了重瓣水仙，虽然我心里更爱的是单瓣的普通品种。

有时候，我们买东西只是买一点情意，买一点人间的温暖。

我搬家的时候，卖菜的阿婆听到了，眼睛就红了，洗衣店的老板娘，流泪到桌上，巷口小书店的老板，紧握我的手不放。

卖花的小姑娘，送我一大把玫瑰花。

有一次假期回到旧住的地方，转去花店，竟像去找朋友一样。

卖花的人问："那盆重瓣水仙养得怎样了？"

这一问，才完全想起曾经买过一盆重瓣水仙，有一些人间的缘分就是在水仙、青菜、洗衣店这些小地方流动的。

# 有月亮的早上

如果起得早，就会见到月亮还在天上，天已经大亮了。

这时的月亮长得真怪，是白色的浮贴在蓝天上，有点苍白，或营养不良。早上的月亮是一点也不美的，像是孩子咬了一口丢弃的半片饼干。

恰好昨夜我们正赏过月，再来看早上的月亮，特别能感受到时空的哀伤，月亮失去它的光，失去它的美，失去它的一切。

人不也是这样的吗？许多昨夜的明星在今朝隐没，而即使是夜间唯一的明月，也有失去光照的早晨。没有人是永远的月亮，没有人是不胖的白光，没有人是不衰老的云雀。

但不要因为失去，我们就轻视了映日的光芒，我们要珍惜往日的光辉，因为知道今夜的光芒可能重照。

所以有的外国人说："你们中国人不要自豪，五千年已经过去了。"

"有过去总比没有过去好些。"我说。

有人说："你的爱情已经过去，趁早忘了吧！"

"何必忘呢？你的故事永远是你的故事。"我说。

有人说："花谢了，又如何？"

"落花不是无情物，化作春泥更护花。"我说。

——这人间的一切正是如此，我们看见早上苍白之月与晚上光耀之月是同一月，我们看见痛苦沉溺之自我与光明超拔之自我，不也是同一个自我吗？

爱月的人爱晚上的月，自爱的人何不爱惜更超拔的自我呢？

# 水牛故事

在乡下，陪母亲上菜场，发现竟有两个卖牛肉的摊子，心里一惊非同小可。

"这摊子已经有许多年了。"母亲说，虽然她这辈子没吃过一口牛肉，倒仿佛已经包容了这两个摊位。

从卖牛肉的摊子，几乎使我看见了牛的历史。

我幼年时代，居住的乡镇极少有人吃牛肉，偶有一两位吃牛肉的乡人，也被看成是残忍的异端。那是因为家家户户都养耕田的水牛，人和牛感情深厚，谁忍心吃牛肉呢？万不得已卖给人宰杀，也要赶到外乡去卖牛，人和牛感情深厚，谁忍心吃牛肉呢？卖的时候水牛也有知，往往是主人陪着水牛流泪。

我上学的时候，有外乡人来卖沙茶牛肉、牛肉火锅了。有些人开始吃牛肉，这些人大多是田里率先用耕耘机，或在街市开店的人。

初中，有外省人来卖牛肉面、牛肉饼、牛肉饺子，还开了店面，这时田里的水牛逐渐被淘汰了，人和牛的情感随着淡了。吃牛肉的人于心有愧，也无可如何。

现在，市场里有牛肉摊了，街上还开了几家牛排馆，乡人竟养成了吃牛肉的习惯，好像吃牛肉是天经地义的事，何况专家说牛肉比较营养卫生！现在，我童年乡下全镇只有一条水牛，有很多孩子没看过水牛了。

吃牛肉究竟是吃牛肉、进口牛肉，水牛还是没有吃的，最近又有专家提倡吃水牛肉，说水牛的肉质不比进口的差，老一辈子听了大骂："伊娘咧！"妇女听了大叫："俺娘喂！"

中国农民不吃牛肉是一种美德，那是感恩与同甘共苦之情，如今，感恩的心失去了，甘苦之情失去了，怪不得农田里年年有悲歌，因为对土地的爱也年年和水牛一样，在失去着。

# 棒喝与广长舌

"站住！"

我们半夜翻墙到校外吃面，回到学校时，突然从墙角响起一阵暴喝，我正在心里闪过"完了"这样的念头，一个高大的身影已经蹿到面前。

站在我们前面的老师，是我们的训导主任兼舍监，也是我就读的学校里最残酷冷漠无情的人，他的名字偏偏叫郑人贵，但是我们在背后都叫他"死人面"，因为从来没有学生见他笑过，甚至也没有人见他生气过，他只是冷冷地站在那里，永远没有表情地等待学生犯错，然后没有表情地处罚我们。

他的可怕是难以形容的，他是每一个学生的噩梦，在你成功时他不会给你掌声，在你快乐时他不会与你分享，他总是在我们犯错误、失败、悲伤的时候出现，给予更致命的打击。

他是最令人惊吓的老师，只要同学相聚在一起的时候，有人喊一句"死人面来了"，所有的人全身的毛孔都会立即竖起。我有一个同学说，他这一生最怕的人就是"死人面"，他夜里梦到恶鬼，顶多惊叫一声醒来，有一次梦到"死人面"，竟病了一个星期。他的威力比鬼还大，一直到今天，我偶尔想起和他面对面站着的画面，还会不自制地冒冷汗。

这样的一位老师，现在就站在我们面前。

"半夜了，跑去哪里？"他寒着脸。

我们沉默着，连呼吸都不敢大声。

"说！"他用拳头捶着我的胸膛，"林清玄，你说！"

"肚子饿了，到外面去吃碗面的。"我说。

"谁说半夜可以吃面的？"他把手伸到身后，从腰带上抽一根又黑又厚的木棍，接着就说，"站成一列。"

我们站成一列后，他又命令道："左手伸出来！"

接着，我们咬着牙，闭着眼睛，任那无情的木棍像暴雷一样打击在手上，一直打到每个人的手上都冒出血来。打到我们全身都冒着愤恨的热气，最后一棍是打在我手上的，棍子应声而断，落在地上。他怔了一下，把手上另外半根棍子丢掉，说："今天饶了你们，像你们这样放纵，如果能考上大学，我把自己的头砍下来给你们当椅子坐！"

说完，他头也不回地走了，留下我们七个人缓缓从眼中流下委屈的泪水，我的左手接下来的两星期连动也不能动，那时我是高三年级的学生，只差三个月就要考大学了。我把右手紧紧地握着，很想一拳就把前面的老师打死。

"死人面"的可怕就在于，他从来不给人记过，总是用武力解决，尤其是我们住在宿舍的六十几个学生，没有不挨他揍的，被打得最厉害的是高三的学生，他打人的时候差不多是把对方当成野狗一样的。

他也不怕学生报复，他常常说："我在台湾没有一个亲人，死了也就算了。"在我高二那年，曾有五个同学计划给他"盖布袋"，就是用麻袋把他盖起来，毒打一顿，丢在垃圾堆上。计划了半天，夜里伏在校外的木麻黄行道树下，远远看到他走来了，那五个同学不但没有上前，几乎同时拔腿狂奔，逃走了。这个事情盛传很广，后来就没有人去找他报复了。

他的口头禅是："几年以后，你们就会知道我打你们，都是为你们好。"

果然，我们最后一起被揍的七个人里，有六个人那一年考上大学，当然，也没有人回去要砍他的头当椅子坐了。

经过十五年了，我高中时代的老师几乎都在印象中模糊远去，只对郑人贵老师留下深刻的印象，可见他的棒子顶有威力。几年前我回校去找他，他因癌症过世了，听说死时非常凄惨，我听了还伤心过一阵子。

我高中时代就读台南私立瀛海中学，在当年，这个海边的学校就是以无比严格的教育赢得名声，许多家长都把不听话的、懒惰的、难以管教的孩子送进去，接受斯巴达教育。我就是在这种情况下，被父亲送去读这个学校的。

不过，学校虽然严格，还是有许多慈爱的老师，曾担任过我两年导师的王雨苍老师，是高中对我影响最大的老师。

王雨苍老师在高二的时候接了我们班的导师，并担任国文老师，那时我已被学校记了两个大过两个小过，被留校察看，赶出学校宿舍。我对学校已经绝望了，正准备迎接退学，然后转到乡下的中学去，学校里大部分我的老师都放弃我了。

幸好，我的导师王雨苍先生没有放弃我，时常请我到老师宿舍吃师母亲手做的菜，永远在我的作文簿上给我最高的分数，推荐我参加校外的作文比赛，用得来的奖来平衡我的操行成绩。有时他请假，还叫我上台给同学上国文课，他时常对我说："我教了五十年书，第一眼就看出你是会成器的学生。"

他对待我真是无限的包容与宽谅，他教育我如何寻找自己的理想，并坚持它。

王老师对我反常的好，使我常在深夜里反省，不致在最边缘的时候落入不可挽救的深渊。其实不是我真的好，而是我敬爱他，不敢再坏下去，不敢辜负他，不敢令他失望。

高中毕业那一天，我忍不住跑去问他："为什么所有的老师都放弃我，您却对我特别好？"他说："这个世界上，关怀是最有力量的，时时关怀四周的人与事，不止能激起别人的力量，也能鞭策自己不致堕落，我当学生的时候正像你一样，是被一位真正关心我的老师救起来的……"

后来我听到王雨苍老师过世的消息，就像失去了最亲爱的人一样。他给我的启示是深刻而长久的，这么多年来，我能时刻关怀周遭的人与事，并且同情那些最顽劣、最可怜、最卑下、最被社会不容的人，是我时常记得老师说的："在这个世界上，关怀是最有力量的。"

王雨苍老师和郑人贵老师他们分别代表了好老师两种极端的典型，一个无限的慈悲，把人从深谷里拉拔起来；一个是极端的严厉，把人逼到死地激起前冲的力量。虽然他们的方法不同，我相信他们都有强烈的爱，才会表现得那么特别的面目。

这使我想起中国禅宗里，禅师启示弟子的方法，大凡好的禅师都不是平平常常，不冷不热，而是有强烈的风格，一种是慈悲的，在生活的细节里找智慧来教化弟子，使弟子在如沐春风中得到开悟，这是伟大的身教，使学生在无形中找到自己的理想和道路。

伟大慈悲的禅师是超越了知识教化的理解，直接进入实践的层次。我们来看两个例子：

白居易问杭州鸟窠道林禅师："如何是佛法大意？"

禅师曰："诸恶莫作，从善奉行。"

白居易奇怪地说："这三岁的小孩子也会说。"

禅师说："三岁小孩子虽道得，八十老人行不得。"

另一个故事是有源律师问越州大珠慧海禅师："和尚修道还用功否？"

师曰："用功。"

曰："如何用功？"

师曰："饥来吃饭，困来即眠。"

曰："一般人总如是，同师用功否？"

师曰："不同。"

曰："何故不同？"

师曰："他吃饭时不肯吃饭，百种需索。睡时不肯睡，千般计较，所以不同也。"

禅师如此，任何好的老师也无不如此，其实大家心里都知道好老师的标准，只是不肯或不能依照这个标准去实践罢了，这就是身教。

但还是有一种好的禅师是不用身教的，他们用极端严厉的方法来逼迫弟子，让弟子回到最原始的自我，激发出非凡的潜力，所以中国禅宗的传统里有许多棒、喝、叱咤的故事，马祖在对待弟子百丈怀海的问题时，曾大喝一声，使怀海禅师耳聋三日。

最有名的惯用呼喝的禅师是临济义玄，由于他时常对弟子大声喝叱，使许多弟子怀疑他的慈悲。但他确是一个好的老师，他曾解释自己喝的作用："我有时一喝如金刚王宝剑（意即斩断烦恼，智慧生起）；有时一喝如踞地狮子（意即震慑学生心神，阻住情解）；有时一喝如探竿影草（考验学生的功夫深浅）；有时一喝不作一喝用（转移学生的迷执）。"

但是像临济这么严厉的禅师，他的师父黄檗禅师比他更严厉，他做黄檗的弟子三年才去问法。

他去问法："如何是佛法大意？"

声未绝，黄檗便打。

师又问，黄檗又打，如是三度发问，三度被打，总共被打了六十棒。

后来临济开悟，就继承了老师的风格。

黄檗和临济都是伟大的教禅的老师，有时他们的爱与慈悲是用棒子和喝叱来表现，并且没有什么特别的理由。

历史上最有名的棒喝是高峰禅师和弟子了义禅师的故事。

宋朝的了义禅师，十七岁时去谒高峰禅师，高峰叫他参"万法归一"这句话，有一天，他见到松上坠雪，就写了一首偈呈给高峰，受高峰一顿痛棒，打得坠下数丈深的悬崖、重伤，七日未死，突然大悟，大呼："老和尚，今日瞒不得我也！"高峰给他印可，为他落发。他写了一首偈：

大地山河一片雪，太阳一出便无踪；
自此不疑诸佛法，更列南北与西东。

可见严厉的棒喝，有时在教育的效用上并不逊于耐心与慈悲。

当我们读到伟大的禅师启悟弟子千奇百怪的方法，使我们更能进入教育的本质，这本质不在于严厉或慈悲，而在于有没有真正的爱与智慧，来开发那些幼小心灵，使他们进入更广大的世界。

从佛教的观点，老师与弟子也是从累世深刻的缘分来的，在禅录《古尊宿语录》中记载，文殊菩萨曾经是毗婆尸佛、尸弃佛、毗舍浮佛、拘留孙佛、拘那含牟尼佛、迦叶佛、释迦牟尼佛等七位佛陀的老师。可是在七佛成佛时，他又成为七佛的弟子。

有一位和尚问希迁禅师："文殊菩萨是七佛师，文殊有师否？"

禅师回答："文殊遇缘则有师。"

在我们的生命过程里，要遇到几位能启发我们的老师，是不容易的，需要深厚的宿缘。

回想起我在高中时代与老师间的缘分，我怀念最慈悲的王雨苍先生，也怀念那最严厉的郑人贵先生。